鬼面の賊

八丁堀剣客同心

鳥羽亮

時代小説文庫

角川春樹事務所

目次

鬼面の賊

八丁堀剣客同心

第一章　凶賊

1

深川佐賀町——。

大川の河岸に、米問屋の土蔵造りの店舗と倉庫などが立ち並んでいた。この辺りは米問屋が多いことで知られた地だが、材木問屋や油問屋などもあった。

油問屋、近松屋《ちかまつや》は、米問屋の並ぶ地からすこし川上にいった上ノ橋のたもと近くに建っていた。上ノ橋は、仙台堀にかかっている。

近松屋は二階建ての土蔵造りで、脇に倉庫が二棟あり、裏手には白壁の土蔵もあった。大店《おおだな》の多い界隈《かいわい》でも人目を引く大きな店である。

近松屋は、魚油の他に干鰯《ほしか》、搾粕《しめかす》なども扱っていた。干鰯と搾粕は、金肥《きんぴ》とよばれ、武州や上州などの農家で質のよい肥料として使われている。

子《ね》ノ刻（午前零時）ごろであろうか。三日月が出ていた。星空である。近松屋は夜の帳《とばり》につつまれ、店舗や倉庫が夜陰のなかに黒く聳《そび》え立つように見えていた。日中は人通りの多い大川端の通りも、いまは人影がなかった。大川の流れの音だけが、轟々《ごうごう》と低い地響きのように聞こえてくる。

仙台堀にかかる上ノ橋を渡ってくる人影があった。黒装束の者たちが次々に橋上にあらわれ、佐賀町に出て、大川の川下にむかっていく。

七人——。淡い月光に浮かび上がった者たちの顔が、いずれも鬼のようだった。何者たちであろうか。七人とも、鬼面をかぶっている。

七人は川沿いの道を走り、近松屋の店先で足をとめた。大戸がしまっている。店は寝静まっていた。

「戸を破れ!」

巨軀《きょく》の男が、野太い声で言った。

武士であろうか。この男だけ、大小を帯びていた。小袖にたっつけ袴《ばかま》で、草鞋《わらじ》履きである。

別の大柄な男が、斧《よき》を持っていた。中斧と呼ばれる物で、それほど大きくはなかった。

斧を持った男は、脇のくぐりに近付いた。他の六人も、くぐりのそばに集まった。

口をひらく者はない。

「やれ！」

巨軀の男が言った。

斧を持った男は、手にした斧を振り上げ、くぐり戸にむかって振り下ろした。

バキッ、という大きな音がし、斧がくぐり戸をぶち破った。男はさらに斧をふるった。戸板が裂け、木片が飛び散り、大きな穴があいた。

音は大きかったが、それほどひびかなかった。大川の流れの音が、いくぶん消したのである。

七人は盗賊らしい。戸を破って、近松屋に押し込もうとしているようだ。

大柄な男は板戸にあいた穴から右腕を差し込んで、しきりに動かしていたが、腕をぬくと、

「あきやすぜ」

と、低い声で言い、くぐりと戸をあけた。

右腕をつっ込んで、さるをはずしたらしい。さるは戸の框《かまち》に取り付けてある木片で、敷居や柱の穴に差し込んで戸締まりをする。

「踏み込め！」

巨軀の男が声をかけた。

七人の賊は、次々に店内に侵入した。なかは暗かった。それでも、土間の隅に明かり取りの窓があり、そこから入る月明かりで、土間の先に座敷があり、左手に帳場格子があるのが見てとれた。

「帳場の脇に燭台があるよ」

巨軀の脇にいた賊のひとりが言った。女であろうか。小声だが、甲高いひびきがあった。男か女かはっきりしないが、店のことを知っているようだ。下見をしていたのかもしれない。

すぐに、賊のひとりが座敷に上がり、帳場の脇にいった。石を打つ音がし、燭台に火が点《とも》った。

辺りが、闇を拭いとったように明るくなった。そこは、客との商談に使われる座敷らしかった。

その明かりで、七人の賊の姿が闇のなかにはっきりと見えた。いずれも、黒装束に身をつつみ、鬼面をかぶっている。その鬼面が、おどろおどろしく闇のなかに浮かび上がっている。

「龕灯《がんどう》に火を入れろ」

巨軀の男が言った。

すると、その場にいたふたりの男が、すぐに燭台のそばに近付いた。

龕灯に火が移され、ふたつの丸い大きな明かりが、辺りを照らしだした。ふたりの男が龕灯を手にしている。

龕灯は、銅やブリキなどで釣鐘形の外枠を作り、なかに蠟燭を立てるようにした提《ちょう》灯《ちん》である。現代の懐中電灯のように一方だけを照らすことができる。

「番頭を連れてこい。あとは、手筈《てはず》どおりだ」

巨軀の男が言った。

「女子供に手を出すんじゃァないよ」

甲高い声の主が、念を押すように言った。

「へい」

賊のひとりが答え、すぐに五人が動いた。

その場に、巨軀の男と甲走った声の主だけが残り、五人がその場を離れた。龕灯のふたつの明かりが店内を丸く照らしながら、ひとつは帳場の奥にむかい、もうひとつは階段を上がって二階にむかった。

いっときすると、一階の奥から障子をあける音や夜具を撥《は》ね除《の》けるような音がし、悲鳴や呻《うめ》き声が聞こえた。二階からも、床を踏む音や何かが倒れるような音がした。二手に分かれた賊たちが、部屋で眠っている店の者たちに襲いかかったようだ。

「逃げ出す者は、いないいな」

巨軀の男がつぶやいた。

「鬼の顔を見て、腰を抜かしているはずだよ」

甲高い声の主が、嘲笑《あざわら》うように言った。

それから、しばらくすると、階段を下りてくる音がし、龕灯の明かりが、闇を丸く照らし、揺れながら近付いてきた。二階に上がったふたりの賊が、もどってきたのである。

「二階は始末がついたか」

巨軀の男が訊《き》いた。

「へい、手筈どおりで」

ひとりがくぐもった声で答えた。

さらに、いっときすると、帳場の奥から龕灯の明かりが、辺りを照らしながらもどってきた。奥にむかった三人の賊は、ひとりの男を後ろ手に縛って連れてきた。寝ていたところを連れ出されたと見え、男は寝間着姿だった。

2

「番頭か」

巨軀の男が訊いた。

連れてこられた男は、恐怖で顔が紙のように蒼《あお》ざめ、立っていられないほど体を顫《ふる》わせていた。初老の痩せた男だった。寝間着がはだけ、あらわになった胸の肋骨《あばらぼね》が浮き出していた。

「……！」

男は何か言いかけたが、声にならなかった。喉から、喘鳴《ぜんめい》のような音が洩《も》れただけである。

「番頭の蓑蔵《みのぞう》だな」

巨軀の男が声を大きくして訊いた。どうやら、番頭の名も知っているようだ。

「は、はい……」

男が掠《かす》れ声で答えた。

「おれたちは、地獄からきた鬼だ。……金を出してもらおうか」

「……！」

蓑蔵は言葉が出ず、恐怖に身を顫わせている。

「金は内蔵にあるはずだ。……鍵はどこにある」

巨軀の男が訊くと、蓑蔵の顔に驚いたような表情がよぎった。盗賊が、金の在処《ありか》まで知っていたからであろう。

「鍵はどこだ」

巨軀の男が、語気を強くして訊いた。

「そ、そこの、小簞笥《こだんす》に……」

蓑蔵が帳場格子の先を指差した。

帳場格子のなかに帳場机が置かれ、その背後に大福帳、算用帳などの帳面類がかかっていた。その帳面類の脇に小簞笥が置かれている。

「持ってこい」

巨軀の男が言った。

賊のひとりが蓑蔵の脇につき、小簞笥の引き出しをあけて鍵を取り出した。

「よし、金を運び出すぞ」

巨軀の男は、賊のひとりを見張り役として帳場に残し、蓑蔵を連れて廊下を奥にむかった。甲高い声の主も、巨軀の男の脇についた。

廊下を奥にむかうと、すぐに板間に突き当たった。板間の先は土間になっていた。台所らしい。流し場や竈《へっつい》が、龕灯の明かりのなかに浮かび上がった。

さらに、廊下は左手につづいていた。廊下はすぐに突き当たり、正面が板壁になっていた。そこに、引き戸がある。

「こ、ここが、内蔵で……」

蓑蔵が声を震わせて言った。

「あけろ」

巨軀の男が言った。

蓑蔵は引き戸の前で戸惑うような素振りをしていたが、引き戸をあけた。引き戸の先に漆喰《しっくい》でできた観音開きの扉があった。大きな錠前がついている。内蔵である。

巨軀の男の指示で、蓑蔵は錠前をあけた。すると、巨軀の男は、「どけ！」と言って、蓑蔵を押し退けた。

すぐに、巨軀の男の脇にいた賊のひとりが、観音開きの扉をあけた。内蔵のなかは真っ暗だったが、龕灯で照らすと、千両箱、百両箱、証文箱などの書類を入れた箱などが浮かび上がった。

「金の入っている箱だけ運び出せ」

巨軀の男が声をかけた。

その場にいた四人の賊が、内蔵に入り、千両箱と百両箱を運び出した。

「親分、たんまりありそうですぜ」

千両箱を抱え出した男が、甲高い声の主にむかって言った。声が昂《たかぶ》っている。

運び出したのは、千両箱がふたつ、百両箱がふたつだった。

「そうかい。睨《にら》んだとおりだったね」

甲高い声の主が言った。

この声の主が、賊の頭目らしい。声や物言いは女のようだが、鬼面をかぶっていることもあり、はっきりしなかった。

「帳場にもどるぞ」

巨軀の男が指示した。この男が、親分の右腕であろうか。

「番頭はどうしやす」

賊のひとりが訊いた。

「帳場に連れていく」

巨軀の男が言った。この男も、頭目らしい物言いをした。親分と呼ばれた甲高い声の主と、特別なつながりがあるのかもしれない。

六人の賊は蓑蔵を連れ、奪った千両箱と百両箱をかついで帳場にもどった。

帳場には、残した賊のひとりが待っていた。

「泉七《せんしち》、変わりないね」

甲高い声の主が訊いた。帳場で待っていた男は、泉七という名らしい。

「へい」

泉七が低い声で答えた。

「番頭は、どうしやす」

番頭を連れてきた賊のひとりが訊いた。

「むかしは、どうしたのだ」

巨軀の男が訊いた。

「始末したよ。……番頭は、ここでのやり取りを聞いているからね。残しておくと、足がつくよ」

甲高い声の主が言った。

どうやら、巨軀の男は押し込みの経験がないらしい。それで、甲高い声の主に訊いたようだ。

「そうか」

巨軀の男は蓑蔵の前に立つと、左手で大刀の鯉口《こいぐち》を切り、右手で柄を握った。そして、ゆっくりとした動作で刀を抜くと、

「番頭を離せ」

と、蓑蔵を連れてきた賊のひとりに声をかけた。

賊のひとりは、蓑蔵の腕をつかんでいた手を離すと、すばやく身を引いた。

「た、助けて……！」

蓑蔵は恐怖に顔をゆがめて後じさった。

刹那《せつな》、巨軀の男が手にした刀身が、龕灯の明かりを反射《はね》てひかった。

閃光《せんこう》が袈裟《けさ》にはしり、かすかな骨音がして蓑蔵の首が前に垂れた。次の瞬間、血が蓑蔵の首根から薄闇のなかに赭黒《あかぐろ》い驟雨《しゅうう》のように飛び散った。巨軀の男の斬撃が、蓑蔵の首の皮肉をわずかに残し、頸骨《けいこつ》ごと截断《せつだん》したのだ。

蓑蔵は血を撒《ま》きながら腰から沈むように転倒した。悲鳴も呻き声も聞こえなかった。一撃で落命したようである。

「凄《すげ》えや」

賊のひとりが、驚きの声を上げた。

数瞬、その場は時のとまったような静寂につつまれていた。龕灯の丸い灯が揺れ、

蓑蔵の首から流れ落ちる音だけが生々しく聞こえてきた。

「引き上げるよ！」

甲高い声の主が、静寂を破った。

3

「だいぶ、涼しくなりましたね」

髪結いの登太《とうた》が、櫛《くし》を使いながら声をかけた。

「今年の夏は暑かったからな。ほっとするよ」

長月隼人《ながつきはやと》は、縁側で登太に髷《まげ》をあたらせていた。

隼人は南町奉行所の隠密廻《おんみつまわ》り同心だった。奉行所に出仕する前、髪結いに髷をあたらせるのが日課である。

そのとき、障子のむこうで、

「ち、父上、父上……」

という舌足らずの声が聞こえた。菊太郎《きくたろう》である。妻のおたえに抱かれているらしい。

菊太郎は、長月家の嫡男で、まだ三つ（数え歳）だった。おたえを娶《めと》ってから、三年目にやっと生まれた子である。

最近まで、菊太郎は隼人のことを父上と呼べず、ちち、ちち、と雀の鳴き声のように呼ぶことが多かったが、ちかごろ、やっと父上と呼べるようになったのだ。

「お子は、可愛い盛りですね」

そう言って、登太は隼人の肩にかけた手ぬぐいをとった。これで、髪結いは終わりという合図である。

「煩《うるさ》い盛りだな」

隼人が目を細めて言った。隼人も、菊太郎が可愛くてならなかったが、あまり甘くならないように心掛けていた。それというのも、妻のおたえもそうだが、母親のおつたも初孫ということもあって、菊太郎が可愛くてならないらしい。隼人の目から見ても、女ふたりはすこし甘やかし過ぎではないかと思われた。その上、隼人が甘やかしたら、厳しく躾《しつ》ける者がいなくなってしまう。

長月家は、隼人と妻のおたえ、母親のおつた、それに嫡男の菊太郎の四人家族である。他の町奉行所の同心と同じように八丁堀の組屋敷に住んでいた。

「さて、出かけるか」

隼人が立ち上がり、両腕を突き上げて伸びをした。

陽はだいぶ高くなっていた。そろそろ五ツ（午前八時）になるのではあるまいか。

町奉行所の同心の出仕は、五ツごろとされていたので、いまからでは間に合わないだろう。もっとも、隠密廻りは、出仕についてはあまりうるさく言われなかった。

隠密廻りは、南北の奉行所にそれぞれ二名ずつしかいない。しかも、奉行から直接指示を受けて、隠密裡《おんみつり》に探索にあたることが多かった。奉行所には出仕せず、変装して組屋敷から探索にむかうこともある。そうした特殊な役柄だったこともあって、出仕時間は他の同心ほどやかましくなかったのだ。

隼人は障子をあけて座敷に入ると、おたえに抱かれている菊太郎の顔を覗《のぞ》き込み、

「菊太郎、いってくるぞ」

と、わざと顔をしかめて言った。

すると、菊太郎は笑い声を上げ、手を伸ばして隼人の顔を触ろうとした。隼人のしかめっ面がおかしかったのか、あやしてくれたと思ったのか――。

「駄目だな。菊太郎には、おれの睨みも利かん」

隼人が苦笑いを浮かべて言った。

おたえは、目を細めて笑みを浮かべている。

隼人は羽織を着て、刀掛けの刀を手にした。ふだんは、おたえが羽織を着せかけてくれたが、おたえの手も菊太郎に奪われている。

そのとき、戸口に近付いてくる足音がし、「旦那、旦那……」と隼人を呼ぶ庄助《しょうすけ》の声がした。庄助は隼人が使っている小者《こもの》で、出仕のおりに供をする。

……何かあったようだ。

と隼人は思った。

庄助は、出仕のおりに戸口近くで待っているが、隼人を呼ぶようなことはなかった。

隼人は、急いで戸口に出た。おたえが、菊太郎を抱いて慌てた様子でついてきた。

「どうした、庄助」

すぐに、隼人が訊いた。

「与之助《よのすけ》さんが来てやす。旦那に、知らせることがあるそうで」

庄助が言った。

与之助は、南町奉行所、定廻《じょうまわ》り同心、天野《あまの》玄次郎《げんじろう》が使っている小者である。これまで、隼人は天野とともに事件の探索に当たることが多かった。天野も、何かあると隼人に相談していた。組屋敷が近かったこともあるが、お互い気心の知れた相手である。

隼人は心配そうな顔で立っているおたえに、

「たいしたことではあるまい。……おたえ、出かけるぞ」

そう言い置いて、戸口から出た。おたえに聞かせるような話ではない、と思ったのである。

「与之助、どうした」

隼人はすぐに訊いた。

「天野の旦那から、長月さまにお知らせするようにと言われて来やした」

与之助が口早に言った。

「話してくれ」

「今朝、深川の御用聞きから、佐賀町の油問屋、近松屋に押し込みが入ったとの知らせがありやした」

「それで」

隼人は話の先をうながした。盗賊が商家に押し入っただけで、天野が知らせにくるはずはなかった。

隼人は、奉行の指示で動く隠密廻りだった。どんな大きな事件であろうと、奉行の指示がなければ、勝手に探索にあたるわけにはいかない。それに、本来、盗賊の探索にあたるのは定廻りや臨時廻りである。そのことは、天野も知っている。

「あるじや奉公人が、五人も殺されたそうでさァ」

与之助が言った。

「なに、五人も殺されたと」

大きな事件《やま》だった。

「天野の旦那は、長月さまにも現場を見てもらいたい、と言われて、あっしを寄越しやした」

「分かった。行ってみよう」

天野は、大きな事件なので、まちがいなく奉行から隼人に探索の指示があるとみて、隼人に知らせたようだ。

「庄助、挟み箱は置いてこい」

隼人が言った。事件現場に臨むのに、挟み箱はいらなかった。

「へい」

庄助はすぐに台所にまわり、挟み箱を置いてきた。

隼人たちは、八丁堀から霊岸島を経て大川にかかる永代橋を渡った。渡った先が、深川佐賀町である。

「旦那、こっちで」

与之助が先にたち、大川沿いの道を川上にむかった。

しばらく、川上にむかって歩くと、通りの先に仙台堀にかかる上ノ橋が見えてきた。

「あそこですぜ」

与之助が前方を指差した。

二階建ての土蔵造りの大店の前に、人だかりができていた。裏手には白壁の土蔵もあり、近隣では人目を引く大店だった。

店先に集まっているのは、近所の住人や通りすがりの野次馬らしいが、岡っ引きらしい男の姿もあった。店先に、八丁堀同心の姿はなかった。店内にいるのであろう。店の大戸はしまっていたが、脇の一枚があいていた。そこから出入りできるらしい。

4

店の前に、利助《りすけ》と綾次《あやじ》が立っていた。利助は隼人が手札を渡している岡っ引きで、綾次は利助の下っ引きである。

利助は岡っ引きとしては若く、二十代半ばだった。綾次はまだ十六である。ふたりは、隼人が来るのを待っていたようだ。

「旦那、そこから入《へえ》ってくだせえ」

利助は隼人の顔を見ると、大戸が一枚あいた店の脇を指差した。

隼人は店内に入った。利助と綾次がついてきた。大戸の多くがしまっていたせいで、店のなかは薄暗かった。土間や座敷に、大勢の男たちが集まっている。岡っ引き、下っ引き、小者、店の奉公人らしい男などのなかに、八丁堀同心の姿もあった。天野と北町奉行所の定廻り同心の古沢繁七郎《ふるさわしげしちろう》である。ふたりとも、事件を耳にして駆け付けたらしい。

天野は隼人が入ってきたのに気付くと、

「長月さん、ここへ」

と、手を挙げて言った。

天野と古沢は、帳場格子の前にいった。足元に何かあるらしい。

隼人が座敷に上がって近付くと、天野たちのそばにいた手先たちが身を引いて、その場をあけた。

帳場格子の前の座敷に、男がひとり倒れていた。周囲は、どす黒い血に染まっている。

古沢は隼人がそばに来ると、隼人にちいさく頭を下げ、

「それがしは、内蔵を見てきます」

と言い残し、その場を離れた。隼人に、その場を譲ったらしい。

「こ、これは……！」

隼人は息を呑《の》んだ。

天野の足元に横たわっていたのは、凄絶《せいぜつ》な死体だった。死体の男は、首の皮肉だけを残し、頸骨ごと截断されていた。截断口から頸骨が白く覗いている。血が激しく飛び散り、辺りは血の海だった。

天野が言った。

「番頭の蓑蔵です」

「刀だな」

隼人は、蓑蔵は刀で斬られたとみた。

下手人は、剣の手練《てだれ》とみていい。無抵抗の者を斬ったとしても、一太刀でこれほど見事に首を刎《はね》るのは、腕のたつ者でなければ無理である。

隼人は、直心陰流《じきしんかげりゅう》の遣い手だった。斬り口を見ただけで、相手の刀法や腕のほどを見抜く目を持っていた。

隼人は若いころ、直心陰流の団野《だんの》源之進《げんのしん》の道場に通って修行したのだ。直心陰流は、元禄のころ山田《やまだ》平左衛門《へいざえもん》によって編まれた流派である。その後、直心陰流は面や籠手《こて》などの防具を改良して、多くの門人を集めた長沼四郎左衛門《ながぬましろうざえもん》を経て、団野に受け継がれたのである。

「殺《や》られたのは、番頭だけではありません」

天野が顔をけわしくして言った。

「他にもいるのか」

「四人います」

「他に、四人もいるのか！」

隼人は、あらためて大きな事件だと思った。

「あるじの藤兵衛《とうべえ》、それに手代が三人です」

「あるじも殺されたのか」

「はい、寝込みを襲われたようです。どういうわけか、二階で寝ていた女房と子供ふたりは賊に縛られ、藤兵衛だけが殺されたのです」

「三人に怪我はないのか」

「はい、奉公人たちも、同じです。手代の三人だけが殺され、丁稚《でっち》の三人は後ろ手に縛られたままでした」

「どういうことだ」

隼人は、何か曰《いわ》くがありそうだと思った。押し入った賊は、店のあるじ、番頭、手代をそれぞれ殺し、あるじの家族と丁稚には危害をくわえなかったという。

「それに、賊は鬼の面をかぶっていたそうです」

天野が昂《たかぶ》った声で言った。

「鬼面党《きめんとう》か！」

思わず、隼人が声を上げた。

六年ほど前、江戸市中に鬼の面をかぶった盗賊が次々に大店に押し込み、大金を奪うという事件が頻発した。

「だが、鬼面党は、みな死んだはずだぞ。おれは、頭目の鬼神《きじん》の竜《たつ》の焼け爛《ただ》れた死体を見ている」

頭目は竜蔵《たつぞう》という名だった。鬼の面をかぶり、神出鬼没であることから、鬼神の竜と呼ばれるようになったのだ。また、頭目だけでなく、鬼面党を鬼神一味とか鬼神党と呼ぶ者もいた。

鬼面党が江戸市中に跳梁跋扈《ちょうりょうばつこ》するようになって一年ほどしたとき、稲七《とうしち》という岡っ引きが、鬼面党が五日後に日本橋石町《こくちょう》の両替屋、山崎屋《やまざきや》に押し入る、との情報をつかんできた。稲七によると、何者の密告か分からないが、家の戸口に投げ文があったという。

それで、天野たちが山崎屋や近所に当たってみると、職人ふうの男が山崎屋のことを探っていたことが知れた。

どうやら、稲七への密告は嘘《うそ》でないらしい、とみた天野たちは、その日、捕方を連れて山崎屋で待ち伏せした。

その夜、隼人も捕方の一隊にくわわっていたのだ。

「わたしも、鬼面党の五人が死んだのをこの目で見ています」

天野が言った。

天野たちが山崎屋で網を張っていたその日、子ノ刻（午前零時）を過ぎたころ、五人の鬼面をかぶった賊が山崎屋に押し入った。天野たち捕方は、五人の賊が店内に入ると、まず出入り口を捕方でかためてから、賊に襲いかかった。

五人の賊は、匕首《あいくち》や長脇差《ながわきざし》をふりまわして激しく抵抗した。五人のうちひとりは捕方たちに取りかこまれ、縄を受ける寸前に己の喉を匕首で掻《か》き切って果てた。残った竜蔵たち四人は逃げ切れないと知ると、手にした龕灯の火で障子に火を点けた。

火はすぐに店内に燃えひろがった。捕方たちはふたりの同心の指示で二隊に分かれ、一隊は店の奉公人や家族を逃がし、他の一隊は店の出入り口を固めた。竜蔵以下が飛び出してくるのを待ったのだ。

天野たちも必死だった。賊は、江戸中に知れ渡った鬼面党である。ここで火事から逃れることに躍起になり、鬼面党を取り逃がしたら、自分たちが江戸中の笑い者になる。

竜蔵たち四人は、なかなか店から出てこなかった。店の外で、捕方が待ち構えているのを察知したらしい。それでも、店内が炎と煙につつまれると、ふたりの賊が店から飛び出してきた。ふたりとも半狂乱の態《てい》だった。黒装束は燃え、全身に火傷《やけど》を負っていた。ふたりは、待ち構えていた捕方に押さえられたが、体中に負った火傷のためにその日のうちに死んだ。

だが、最後まで竜蔵と子分のひとりは、店から出てこなかった。

火は山崎屋だけを燃やし、他店への延焼はまぬがれた。その夜、風がなかったことと、山崎屋と他店の間に漆喰の土蔵があったことが幸いしたらしい。

焼け跡から、店内に残った竜蔵と子分のものと思われる焼死体が発見された。ふたりは全身が焼けただれ、顔もはっきりしなかったが、焼け残った衣装やかぶっていた鬼面から竜蔵と子分とみられたのだ。

「焼け死んだひとりは、竜蔵にまちがいない。おれは、竜蔵の衣装や体付きを見ていたからな」

隼人が言った。

一味は鬼面をかぶっていたので、顔を見ることはできなかった。ただ、衣装や体付きは見ていた。それに、燃え上がる炎のなかで、自分の衣装を別人に着せるのは、不可能である。

「ですが、当時、鬼面党は七人とみていました。それが、山崎屋に踏み込んできたのは、五人でした」

天野が腑《ふ》に落ちないような顔をして言った。

「そうだったな」

隼人は、鬼面党は七人だと聞いていた。山崎屋に押し入ったときから、ふたりすくないことになる。

「今度の件も、五年前、山崎屋に押し入らなかった一味のふたりが、かかわっているのでは……」

天野が語尾を濁した。確証がなかったからだろう。

5

「手口が、あまりに鬼面党にそっくりです」

天野が声をあらためて言った。

「店の女子供以外の者を、皆殺しにしたことか」

六年ほど前から、江戸市中に跳梁するようになった鬼面党は、どういうわけか女子供には手を出さず、押し入った先のあるじから下働きの者まで大人の男だけを殺した。押し入った先のあるじ、番頭、手代は容赦《ようしゃ》なく殺したが、丁稚だけは見逃した。

「この店でも、丁稚には手をかけていません」

天野が言った。

「うむ」

「それに、手口も鬼面党と同じです」

天野によると、賊は表のくぐりを鉈《なた》か斧のような物でぶち破って侵入したことを言い添えた。その侵入手口は、六年ほど前の鬼面党と同じである。

「そっくりだな」

これだけそろえば、偶然とは言えないだろう、と隼人は思った。ただ、近松屋に押し入った賊が、鬼面党の真似《まね》をしたとも考えられる。当時、鬼面党の噂《うわさ》は江戸市中にひろがり、その手口を耳にした者も多かったはずだ。

「まだ、当時の鬼面党のふたりがくわわっていると、決め付けるのは早いな」

隼人が言うと、天野もうなずいた。

「それで、近松屋も金を奪われたのか」

隼人が声をあらためて訊いた。

「内蔵が破られていますが、どれほど奪われたか、はっきりしません」

天野によると、あるじ、番頭、手代が殺されているので、内蔵にどれほど金があったか分からないという。

「内蔵を見てみるか」

隼人は、帳場の隅に紙のように蒼ざめた顔で立っている丁稚らしい男を目にとめると、近寄って、

「店の者か」

と、訊いた。

まだ、十二、三歳と思われる少年である。起きたままらしく、寝間着姿だった。

「で、丁稚の、与吉《よきち》です」

少年が声を震わせて言った。

「賊を見たか」

「は、はい……。鬼のようでした」

与吉によると、昨夜、眠っているときに、丁稚部屋に三人の鬼面をかぶった賊が押

し入ってきて、逃げる間もなく縛り上げられたという。そのまま朝になり、店に来た近所の者や岡っ引きたちの手で助けられたそうだ。

「内蔵を破られたそうだが、案内してくれ」

隼人は、内蔵を見てみようと思った。

「こ、こっちです」

与吉は先にたって、廊下を奥にむかった。

内蔵の前には、同心の手先と思われる男が数人いたが、隼人が近付くとすぐに身を引いた。

内蔵の観音開きの扉がひらいていた。錠前はついていたが、あいたままになっている。なかには、証文箱や印鑑箱、それに古い大福帳などが隅に積まれていたが、千両箱は見当たらなかった。賊が持ち去ったとみていい。

「ここに、何が入っていたか、知っているか」

隼人は与吉に訊いてみた。

「せ、千両箱や百両箱が、入っていると聞きました」

与吉が知っていたのはそれだけで、金額はむろんのこと、千両箱や百両箱がいくつあったかも知らなかった。

「二階には、家族がいたそうだな」

「は、はい……」

与吉が声を震わせて答えた。あるじの藤兵衛が、殺されたことを知っているようだ。

「あるじの家族は？」

「ご、新造《しんぞ》さんとお子がふたり……」

与吉が、新造の名はお松《まつ》で、子供は嫡男の利太郎《りたろう》十二歳と、長女のお秋《あき》十歳だと話した。三人とも二階の座敷にいるという。

「二階に上がる階段は」

隼人が訊いた。

「こっちです」

与吉がまた先に立った。

与吉と隼人は階段を上がり、二階の廊下に出ると、左手の障子がたててある部屋に顔をむけ、

「だ、旦那さまは、ここで……」

と、蒼ざめた顔で言った。

「先に、死骸《ほとけ》を見せてもらうか」

隼人は、新造とふたりの子供に話を訊くのは後にしようと思った。

障子をあけると、古沢と数人の手先が座敷に立っていた。古沢たちの足元に布団が敷かれ、男がひとり横たわっていた。布団に、どす黒い血が飛び散っている。

「長月どの、あるじの藤兵衛です」

古沢が小声で言った。

古沢は隼人のために身を引いたが、座敷にとどまった。

藤兵衛は、布団の上に仰向《あおむ》けに倒れていた。目を見開き、口をあんぐりあけたまま死んでいた。寝間着の両襟がひろがり、あらわになった胸や腹が血に染まっている。出血は激しく、寝間着はどっぷりと血を吸い、流れ出た血は布団にも染みていた。

「胸を刺されたようだ」

藤兵衛は、刃物で胸を刺されていた。出血の多さからみて、切っ先は心ノ臓にまで達しているかもしれない。

……刀とはかぎらないな。

隼人は、胸の内でつぶやいた。賊が藤兵衛の寝ているところへ踏み込み、匕首か長脇差で刺したとも考えられた。

「胸を一突きです」

古沢が顔をしかめて言った。

「殺し慣れた者の仕業だな」

そう言い置いて、長月は部屋から出た。これ以上、藤兵衛の死体を見ていても得るものはなさそうである。

長月は奥の座敷にいたお松と子供ふたりに会って、話を訊いたが、これといったことは知れなかった。三人とも身を顫わせて泣きじゃくっていて、まともに話せなかったのだ。

分かったことといえば、鬼面をかぶった賊がふたり、いきなり寝間に踏み込んできて、お松と隣の部屋に寝ていたふたりの子供を縛り上げたということだけだった。

「お松、ふたりの子のためにも、気をしっかり持て」

そう言い置いて、隼人は座敷から出た。他に言いようがなかったのである。

6

隼人が座敷で出仕の支度をしていると、おたえが障子をあけて入ってきた。菊太郎を抱いていなかった。慌てている。

「どうした」

すぐに、隼人が訊いた。

「利助さんが、戸口に来てます」

おたえが言った。おたえも、利助が隼人の手先であることは知っていた。

「ひとりか」

利助が朝から八丁堀まで来たのは、何かあったからであろう。

「はい。ひどく、急いでいるようでした」

「そうか」

隼人は絽羽織《ろばおり》を羽織ると、刀を手にして戸口にむかった。

隼人は廊下を歩きながら、後からついてくるおたえに、

「菊太郎はどうした」

と、訊いた。さきほどまで、奥の座敷から聞こえていた菊太郎の声が、しなかったからである。

「義母上《ははうえ》が、抱いていたら眠ってしまったのです」

おたえは、笑みも浮かべなかった。利助が何を知らせにきたのか、気になっているようだ。

「そうか」

隼人が戸口まで来ると、利助が立っていた。急いできたらしく、額に汗が浮いている。

「利助、何かあったのか」

すぐに、隼人が訊いた。

「旦那、稲七が殺られやした」

利助がうわずった声で言った。

「稲七だと」

咄嗟《とっさ》には、隼人はだれか思い浮かばなかった。

「御用聞きの稲七でさァ」

「あの稲七か」

五年前、鬼面党が山崎屋に押し入るという情報をつかんできた男である。

隼人の胸に、稲七が殺されたのは、鬼面党とかかわりがあるかもしれない、との思いがよぎった。

「おたえ、出かけるぞ」

そう言い置き、隼人は庄助も連れて戸口から出た。おたえは上がり框に立ったまま、心配そうな目を隼人の背にむけている。

隼人は組屋敷の木戸門から通りに出ると、

「場所はどこだ」

と、利助に訊いた。

「栄橋の近くでさァ」

「遠くないな」

栄橋は浜町堀にかかる橋である。日本橋富沢町と久松町の間を結んでいる。八丁堀から、そう遠くない。

隼は大番屋のある南茅場町《みなみかやばちょう》の方へむかいながら、

「天野はどうした」

と、訊いた。天野にも、知らせてやろうと思ったのである。

「天野の旦那は、八丁堀に来る途中、見かけやした」

利助によると、天野は与之助と岡っ引きの安次郎《やすじろう》を連れて浜町堀の方にむかっていたという。安次郎は、ちかごろ天野が手札を渡した若い岡っ引きだった。

「先にいったか」

そう言って、隼人は足を速めた。

隼人、利助、庄助の三人は、八丁堀から日本橋本材木町に出た。さらに、日本橋川にかかる江戸橋を渡り、日本橋の町筋を東にむかった。しばらく歩くと、浜町堀に突き当たった。そこは高砂町で、富沢町の隣町である。

「こっちでさァ」

利助は浜町堀沿いの道を北にむかった。

やがて、前方に栄橋が見えてきた。橋のたもと近くに人だかりができている。まだ、遠方でだれか分からなかったが、八丁堀同心の姿があった。ふたりいる。八丁堀同心は小袖を着流し、羽織の裾を帯に挟む巻羽織と呼ばれる独特の恰好《かっこう》をしているので、遠目にもそれと知れるのだ。

「天野の旦那ですぜ」

利助が言った。

もうひとりは、近松屋で顔を合わせた北町奉行所の古沢だった。古沢も、稲七が殺されたと聞いて、駆け付けたらしい。

「長月さん、ここです」

隼人が近付くと、天野が声をかけた。その声で、堀際に集まっていた野次馬たちが身を引いて道をあけた。

古沢は隼人と顔を合わせると、黙って頭を下げた。今度はその場を離れず、すぐに岸際の叢《くさむら》に目をやった。男が横たわっている。

「稲七です」

天野が言った。

天野の足元の叢に、男がひとり俯《うつぶ》せに倒れていた。首がねじれたように横を向き、夥《おびただ》しい血が周囲に飛び散っていた。

「同じ手だ！」

思わず、隼人が声を上げた。

稲七はわずかな皮肉を残して、頸骨ごと首を刎られていた。近松屋の番頭の蓑蔵と同じ斬り口である。

「下手人は、蓑蔵を斬った者ですか」

天野も、稲七の斬り口から蓑蔵の首を刎た者とつなげたらしい。

「まず、まちがいない」

隼人が言った。

すると、古沢が近付いてきて、

「稲七は、鬼面党を探っていて殺られたのかもしれませんよ」

と、声をひそめて言った。

「うむ……」

隼人はちいさくうなずいたが、何も言わなかった。稲七が近松屋に押し入った賊を探っていたかどうか分からないが、斬り口からみて近松屋に押し入った鬼面党に殺られたことだけは確かである。

「天野、稲七が何を探っていたか、知る者はいないか」

隼人が小声で訊くと、

「稲七の手先に訊けば分かるはずです」

天野によると、稲七は下っ引きを使っていたという。

「手先に訊いてみるか」

「安次郎に訊いてみます」

天野はその場を離れ、人垣のなかにいた安次郎のそばに足をむけた。安次郎は集まっていた野次馬たちに話を訊いていたらしい。

天野は安次郎を連れて、稲七の使っていた手先を知っているそうです」

「安次郎が、稲七の使っていた手先を知っているそうです」

天野が言うと、

「稲七親分は、伊助《いすけ》という下っ引きを使ってやした」

安次郎によると、稲七は何人かの下っ引きを使っていたらしいが伊助しか知らないという。

「伊助は、どこにいる」

「馬喰町《ばくろちょう》と聞いてやすが……」

安次郎は、伊助の塒《ねぐら》は知らないと答えた。

「長月さん、わたしが伊助の塒を探ってみますよ」

天野は、ここから先は自分の仕事だと思ったらしい。

「まかせよう」

隼人はその場から離れ、利助と庄助を呼ぶと、

「集まっている者たちから、話を訊いてみろ」

と、指示した。稲七が殺されるところを目にした者がいるかもしれない。

それからしばらくの間、隼人自身もその場で聞き込んでみたが、稲七が斬られたところを目撃した者はいなかった。

稲七は栄橋を渡った先の久松町に住んでいたので、天野はその場にいた手先の何人かを久松町に走らせた。

一刻（二時間）ほどすると、久松町に走った手先たちが帰ってきた。その手先たち

の話から、稲七が殺された昨夜の様子が知れた。

稲七は、女房のお竹《たけ》に小料理屋をやらせていたので、昨夜は遅くまで店にいたという。たまたま、稲七は知り合いの客を店の外まで送り出したが、そのまま帰ってこなかったそうだ。

知り合いの客は、近所の下駄屋のあるじで、手先は下駄屋にもまわって、あるじから昨夜の様子を訊いたという。

あるじによると、稲七と店先で、近頃の陽気のことを二言三言話しただけで、すぐに別れた。あるじが店先から離れたとき、後ろで男たちの声がしたので、振り返ってみると、稲七が何人かの男に取り囲まれて何か話していたそうだ。

あるじは、通りかかった酔客と話しているのだろうと思い、そのまま家に帰ったそうである。

天野の手先から話を聞いた隼人は、稲七は店先で話していた男たちに連れていかれ、栄橋を渡った先で殺されたのだろう、と思った。

7

隼人は富沢町に出かけた翌日、八ツ（午前八時）を過ぎてから南町奉行所に出仕した。同心詰所には、養生所見廻りと牢屋《ろうや》見廻りの同心が何人か残っていたが、探索や捕物にあたる定廻りや臨時廻りの同心の姿はなかった。市中巡視や事件の探索のために、奉行所を出たのであろう。

隼人が詰所で茶を飲んでいると、中山次左衛門《なかやまじざえもん》が姿を見せた。中山は、南町奉行、筒井紀伊守政憲《つついきいのかみまさのり》の家士で、筒井の使いとして隼人の前にあらわれることが多かった。

中山は還暦を過ぎていたが、矍鑠《かくしゃく》として老いは感じさせなかった。

中山は座敷にいる隼人の姿を目にとめると、すぐに近付いてきた。

「長月どの、お奉行がお呼びでござる」

中山が慇懃《いんぎん》な口調で言った。

「お奉行は、役宅におられるのか」

「おられる」

「おうかがいします」

隼人はすぐに腰を上げた。

今月は南町が非番なので、奉行は役宅にいるらしい。町奉行所は南北にあるが、一か月交替で月番と非番とがあった。月番のときは、毎日四ツ（午前十時）までには、登城しなければならない。南町は今月非番なので、筒井は役宅にいるのだろう。

奉行の役宅は、奉行所の裏手にあった。筒井は、その役宅で暮らしている。年番方《ねんばんかた》与力や隠密同心などと奉行所内で会うときも、役宅が使われることが多かった。年番方与力は、経験を積んだ年配の与力がなり、奉行所内の取締りや会計、さらに人事まで掌握していた。そのため奉行所内での権力は絶大で、奉行の相談にのることも珍しくなかった。

中山が隼人を案内したのは、役宅の中庭に面した座敷だった。そこは、筒井が隼人と会うときに使われる座敷である。

「ここで、お待ちくだされ。お奉行は、すぐにおいでになられよう」

そう言い残し、中山は座敷から出ていった。

隼人は座したまま中庭に目をやっていた。中庭に植えられた紅葉の枝葉が、風に揺れていた。庭から流れてくる風には、秋を感じさせる涼気があった。心地好い微風《そよかぜ》である。

そのとき、廊下を歩く足音がして、障子があいた。座敷に入ってきたのは、筒井である。筒井は、小紋の小袖に茶の角帯をしめていた。くつろいだ恰好である。

筒井は隼人と対座すると、隼人に時宜《じぎ》を述べる間もあたえず、

「だいぶ、凌《しの》ぎやすくなったな」

と、くだけた口調で言った。

「はい」

隼人はそう応《こた》えただけで、頭を下げた。

「長月、頼みがあってな」

筒井が声をあらためて言った。

「何でしょうか」

「長月、五、六年も前のことだが、鬼面党と呼ばれた盗賊が市中を騒がせたのを覚えているか」

「覚えております」

やはり、鬼面党のことか、と隼人は思ったが、筒井の次の言葉を待った。

「その鬼面党が、またあらわれたそうではないか」

筒井の顔がけわしくなった。

「話は聞いております」

隼人はすでに近松屋へも出かけ、事件現場に臨んでいたが、そのことは口にしなかった。奉行の指図もなしに勝手に動いたことになるので、自分からはしゃべりづらかったのである。

「油問屋が襲われ、何人も殺されたと聞いたが」

「そのようです」

鬼面党のことを奉行の耳に入れたのは、内与力《うちよりき》の坂東繁太郎《ばんどうしげたろう》であろう。

内与力は他の与力とちがって、奉行の秘書的な役柄である。奉行の家士のなかから任じられ、奉行所内の出来事や市中で起こった事件などを奉行の耳に入れるのも任務のひとつである。

「おそらく、鬼面党のことは江戸中の噂になろうな」

筒井が低い声で言った。

「いかさま」

まちがいなく、江戸市民の間に鬼面党のことは知れ渡るだろう。

「北町奉行所《きたまちぶぎょうしょ》も動くし、火盗改《かとう》も動くはずだ」

「……」

隼人は、古沢のことを思い出した。すでに、北町奉行所は事件の探索にあたっている。それに、これだけ大きな事件なら、火付盗賊改方も乗り出してくるとみていい。

「鬼面党は、何としても南町奉行所の手で捕らえたい」

筒井が語気を強くして言った。

隼人は無言でうなずいた。隼人も、自分たちの手で鬼面党を捕らえたかった。近松屋に押し入って金を奪っただけでなく、平気で五人もの命を奪った鬼面党が許せなかったのだ。

「長月、此度《こたび》の件の探索にあたってくれ」

筒井が隼人を見すえて言った。

「心得ました」

隼人は近松屋へ出向き、鬼面党の仕業らしいと分かったときから、事件の探索にあたるつもりでいた。

筒井はいっとき虚空《こくう》に視線をとめていたが、

「一味に殺された者のなかに、首を刎られた者がいたそうだな」

と、隼人に目をむけて訊いた。

「そのように聞いています」

隼人は、首を刎られた番頭の蓑蔵を検屍《けんし》していたが、そのことも伏せておいた。

「一味のなかに、武士がいるのではないか」

「武士かどうか、分かりませんが、腕のたつ者がくわわっているようです」

「長月、手にあまれば斬ってもかまわんぞ」

筒井は静かだが強いひびきのある声で言った。

筒井は事件の探索を隼人に命ずるおり、手にあまれば斬ってもよい、と言い添えることが多かった。

通常、町奉行所の同心は、下手人を生け捕りにすることが求められていた。そのため、事件の探索や下手人の捕縛《ほばく》にあたる定廻りや臨時廻りの同心の多くは、刃引《はびき》（刀の刃をつぶしたもの）の刀を腰に帯びていた。

ただし、捕物にあたる同心にも捕縛のさいに身の危険を感じたり、下手人が刃物を手にしてむかってきたときなどは、手にあまった、と称して、斬殺することも許されていた。

それで、隼人は斬れ味の鋭い兼定《かねさだ》を差して歩くことが多かった。兼定は刀鍛冶《かたなかじ》で関物《せきもの》と呼ばれる大業物《おおわざもの》を鍛えたことで知られている。

隼人は下手人を生け捕りにしたいときは、峰打ちにすればいいと思っていた。刃引だと、相手が真剣でむかってきた場合、気持ちの上で劣勢にたたされ、後れをとることがあるのだ。

筒井は隼人が直心陰流の遣い手で、下手人が武士であったり、刃物を手にして抵抗するおりなど、隼人が捕縛にあたることが多いことを知っていた。それで、手にあまれば、斬ってもよい、と口にすることがあったのだが、筒井の胸の内には、隼人の身を気遣う気持ちもあるようだ。

「有《あ》り難《がた》き仰《おお》せにございます」

隼人は、あらためて筒井に頭を下げた。

第二章　密告者

1

隼人が南町奉行所から帰り、小袖に角帯《かくおび》姿でくつろいでいると、おたえが座敷に入ってきて、

「天野さまが、みえてますよ」

と、知らせた。おたえは、天野のことをよく知っていた。天野は、隼人の家にときおり姿を見せた。そのさい、おたえも話にくわわることがあったのだ。

「座敷に上がってもらってくれ」

隼人が言った。

「それが、所用があるので、すぐに失礼したいとおっしゃって……」

「分かった」

隼人は立ち上がった。おそらく、天野は鬼面党のことで話しに来たのであろう。お

たえの耳に入れたくない話らしい。

天野は戸口に立っていた。黄八丈《きはちじょう》の小袖を着流し、羽織の裾を帯にはさんでいた。巡視か探索に出た恰好《かっこう》のまま来たらしい。

隼人が戸口に出ると、

「河岸でも歩きながら話しませんか」

と、天野が小声で言った。

「そうしよう」

隼人の住む組屋敷からすこし東に歩くと、越前堀に突き当たる。その堀沿いに、亀島町の河岸通りがあった。

すでに、陽は西の家並の向こうに沈んでいたので、日中は賑やかな河岸通りも人影はすくないはずだ。それに、堀の水面を渡ってきた風が、涼気をふくんで心地好いだろう。

隼人と天野は越前堀沿いの道に出ると、北にむかって歩いた。越前堀は静かだった。汀《みぎわ》に寄せるさざ波の音が、足元から聞こえてくる。

越前堀は魚河岸や米河岸のある日本橋川とつながっていることもあって、日中は荷を積んだ猪牙舟《ちょきぶね》や茶船などが頻繁に行き交っているのだが、いまはほとんど通らなかった。通りの人影も、すくなかった。ときおり、仕事を終えた出職の職人や船頭などが通りかかるだけである。

「伊助から話を聞きました」

天野が切り出した。伊助は殺された稲七の下っ引きである。

「それで」

「稲七は、近松屋に鬼面党が押し入り、店の男たちを五人も殺したと聞いて、ひどく怖がっていたそうです。……伊助の話では、稲七は暗くなると外にも出なかったようです」

稲七は、女房のお竹に小料理屋をやらせていたが、その小料理屋に籠《こも》っていることが多かったという。

「稲七は、何を怖がっていたのだ」

隼人が訊《き》いた。

「稲七は伊助に、鬼面党に仕返しされるかもしれない、と話したそうです」

「鬼面党に仕返しされると話したのだな」

隼人が聞き返した。

「そのようです」

「五年前のときは確か、稲七のところに密告《さし》た者がいて、それで、おれたちは山崎屋で鬼面党を待ち伏せしていたのだな」

「そうです」

「おれたちは、稲七のお蔭で鬼面党を待ち伏せできたのだが……。鬼面党にすれば、稲七に恨みを抱いたかもしれんな」

「……」

天野は無言だった。

「だが、頭目の竜蔵と配下の四人は、あの日、死んだのだ。死んだ者が稲七を恨んで、殺すはずはないが……」

「一味のうちのふたりは、生きているかもしれません」

天野が足をとめて、隼人に顔をむけた。

「あの当時、鬼面党は七人とみられていた。七人なら、山崎屋に押し込んだ五人の他に、ふたりいたことになるな」

隼人も足をとめた。

「はい、そのふたりがあらたに仲間をくわえ、近松屋に押し込んだのかもしれません」

天野の声に強いひびきがあった。

近松屋に押し込んだ鬼面党は、何人かはっきりしなかった。ただ、生き残った丁稚《でっち》たちと家族三人の話から、すくなくとも五人以上いたのではないかと推測できた。

「そう考えれば、近松屋に押し入った賊が、鬼面をかぶっていたことも、手口が鬼面党とそっくりだったことも、うなずけるな」

隼人は、黒ずんできた越前堀の水面に目をやって言った。

そのとき、天野は隼人に体をむけ、

「長月さん、生き残ったふたりの名が知れたのです」

と、声を大きくして言った。

「名が知れたと！」

思わず、隼人は天野に顔をむけて聞き返した。

「はい、藤次《とうじ》と利根吉《とねきち》です」

「よく分かったな」

どうやら、天野はこのことを話すために隼人の家に来たらしい。

「伊助が、稲七からふたりの名を聞いていたのです」

天野が聞いた伊助の話によると、稲七が酔ったときに、鬼面党には、死んだ五人の他に、藤次と利根吉という男がいたこと、そのふたりは、いまごろ江戸のどこかでおもしろおかしく暮らしているにちがいない、などと話したという。

「それから五年経《た》ち、藤次と利根吉の金がなくなり、あらたに仲間を集め、鬼面党の手口を使って近松屋に押し入ったのかもしれません」

天野が言った。

「そう考えれば、筋はとおるが……」

隼人は、腑《ふ》に落ちなかった。

「五年前、山崎屋に鬼面党の五人が押し入ることを稲七に密告《さ》したのは、いったいだれなのだ」

隼人が、自分自身に問いかけるように言った。

「……分かりません」

天野が首を横に振った。

「藤次か利根吉とも考えられるぞ。……ふたりは、竜蔵たちが山崎屋に押し入ることを知っていたはずだからな」

隼人がつぶやくような声で言った。

「仲間割れですか」

「いずれにしろ、まだ、決め付けない方がいいな」

隼人の推測だった。確かな証《あかし》があるわけではない。

「……」

天野は無言でうなずいた。

「ただ、藤次や利根吉があらたに仲間をくわえ、近松屋に踏み込んだとみるのはどうかな。……五年経って、藤次と利根吉が、また商家に押し込んだとしても、五年前の鬼面党とそっくり同じ姿で、手口まで同じにするかな。まるで、賊のなかに、五年前の鬼面党の生き残りがいると知らせているようなものだぞ」

「そうですね」

天野がうなずいた。

「何にせよ、藤次と利根吉は、近松屋に押し入った一味を知っているのではないかな。……藤次か利根吉を捕らえれば、近松屋に押し入った賊も、稲七を殺した下手人も分かるかもしれない」

「ふたりの居所を探ってみます」

「おれも、探ってみる。……お奉行に、鬼面党の探索を命じられたのでな」

「長月さんが、いっしょなら心強い」

天野が声を大きくして言った。

2

天野から話を聞いた翌日、隼人は軽格の御家人ふうに身装《みなり》を変え、ひとりで八丁堀の組屋敷を出た。髷《まげ》も登太に頼んで、八丁堀ふうの小銀杏髷《こいちょうまげ》でなく、御家人ふうに結い直してあった。

隼人がむかった先は、神田紺屋町である。豆菊《まめぎく》という小料理屋に行くつもりだった。豆菊は八吉《やきち》という男が、女房のおとよとやっている店である。八吉は隼人の下で長年岡っ引きをつづけてきたのだが、老齢を理由に足を洗ったのだ。

いま、隼人の下で岡っ引きとして動いている利助は、八吉の養子だった。利助は八吉の下っ引きをしていたが、子のない八吉は岡っ引きをやめるおり、利助を養子にするとともに、隼人に頼んで岡っ引きの跡も継がせたのである。

隼人が御家人のように身装を変えたのは、豆菊の客に八丁堀同心であることを知らせないためである。客も八丁堀同心の出入りする店と知れば、腰が落ち着かないだろうし、八吉や利助もやりづらいにちがいない。

まだ、昼前だったこともあり、豆菊の店先には暖簾《のれん》が出ていなかった。店内もひっそりとしている。

隼人が戸口に近付くと、店のなかで、くぐもったような話し声が聞こえた。男と女の声である。八吉とおとよが話しているらしい。

隼人は表の格子戸をあけると、

「ごめんよ」

と、声をかけた。

土間の先に小上がりがあったが、客の姿はなかった。その小上がりの奥で「いま、行きます」と女の声がした。おとよである。

声がしたのは、板場だった。板場といっても、小上がりの右手奥の狭い場所で、流し場と竈《へっつい》、それに食器や酒器などが並んでいる棚があるだけである。

下駄の音がし、おとよが姿を見せた。四十がらみ、でっぷり太っている。

「旦那、いらっしゃい」

おとよは、隼人を目にすると、笑みを浮かべた。

「八吉はいるか」

隼人は、八吉に会うために豆菊に足を運んできたのだ。

八吉は、岡っ引きだったころ、「鉤縄《かぎなわ》の八吉」と呼ばれる腕利きだった。いまは引退しているが、事件をみる確かな目をもっていた。それに、いまも地まわりや遊び人などの知り合いがいて、事件にかかわる話を聞くことができる。

鉤縄というのは、熊手のような鉄製の鉤に細引を付けた特殊な捕具だった。逃走しようとする下手人に鉤を投げてひっかけ、引き寄せて捕縛《ほばく》する。また、武器にもなった。鉄製の鉤には重量があり、相手の頭や顔面に投げ付けて、斃《たお》すこともできるのだ。

「いますよ」

おとよが言った。

「呼んでくれんか」

「すぐ、呼びます」

「奥の座敷を使わせてもらうかな」

小上がりの奥に、小座敷があった。隼人は、八吉や利助と会って捕物の話をするとき奥の小座敷を使うことが多かった。

「どうぞ、どうぞ。先に、入っててください」

そう言い残し、おとよは奥へむかった。

隼人は、腰に帯びた兼定を鞘《さや》ごと抜くと、手にしたまま奥の小座敷に入った。いっとき待つと、八吉が顔を出した。おとよもいっしょだった。おとよは、湯飲みを載せた盆を手にしている。茶を淹《い》れてくれたらしい。

「旦那、酒はどうしやす」

八吉が訊いた。

「いや、茶でいい。いまから、酒を飲んでいるわけにはいかないからな」

「およよ、茶を出してくれ」

およしは、隼人と八吉の脇に湯飲みを置くと、ごゆっくり、と言い残して、小座敷から出ていった。

「利助は？」

隼人が訊いた。利助と綾次は、店にいないようだった。綾次も、捕物の探索がないときは、豆菊で手伝っていたのだ。

「朝から、出てまさァ。……鬼面党の件で張り切ってやしてね」

八吉が苦笑いを浮かべ、昼には、めしを食いに帰《けえ》ってくるはずで、と言い添えた。

八吉は老齢だった、顔には皺《しわ》があり、鬢《びん》や髷は真っ白だった。小柄で猪首《いくび》、ギョロリとした目をしている。岡っ引きだったころは凄《すご》みのある顔だったが、いまはひとのいい爺さんといった感じである。

「八吉に訊きたいことがあってな」

隼人が切り出した。

「鬼面党のことですかい」

八吉の顔から笑いが消えた。隼人にむけられた目が底びかりしている。腕利きの岡っ引きだったころを思わせる目である。

「そうだ。……鬼面党らしい一味が、近松屋に押し入ったことは聞いているな」

当然、利助から八吉の耳にも入っているはずである。

「へい」

「八吉は、どうみる」

隼人は、まず八吉の考えを聞いてみようと思った。

「まだ、何とも……。手口が、五年ほど前《めえ》の鬼面党にそっくりなんで、当時の一味とかかわりのある者がいるとはみてやすが……」

八吉は、利助から近松屋に押し入った一味の手口を聞いていることを言い添えた。

「まァ、そうみるだろうな」

「だれもが、五年前の鬼面党がよみがえったとみるはずでさァ」

「実は、五年前まで鬼面党一味だったが、山崎屋には押し入らずに生き残った者がふたりいてな。そのふたりの名が、知れたのだ」

隼人が言った。

「ふたりの名は」

八吉が身を乗り出すようにして訊いた。岡っ引きの足は洗っていたが、やはりふたりのことが気になったようだ。

「藤次と利根吉だ。……八吉、ふたりを知っているか」

「知りません」

八吉は首をひねった。

隼人は落胆しなかった。八吉が、藤次たちの名を知っているとは思わなかったのである。

「ところで、岡っ引きの稲七を知っているか」

隼人は、稲七のことを訊いてみようと思った。

「浜町河岸で、殺されたと聞きやした」

「その男だ……。実は、五年前、稲七のところに、鬼面党のことで密告《さし》た者がいたのだ。そのお蔭で、おれたちは頭目の竜蔵以下五人が、山崎屋に押し入ることを知ったわけだ」

「そのことなら、利助から聞いていやす」

「それなら話は早いが、稲七は殺される前、鬼面党に仕返しされるかもしれない、と言って怖がっていたそうだ」

「するってえと、稲七は鬼面党に殺《や》られたんですかい」

八吉が身を乗り出すようにして訊いた。

「決め付けられないが、そうみていいかもしれないな」

「うむ……」

八吉が顔を厳しくして口をつぐんだ。

隼人は湯飲みに手を伸ばして、茶をすすった後、

「いずれにしろ、稲七を殺った下手人をつきとめるか、生き残った藤次と利根吉を捕らえるかすれば、近松屋に押し入った鬼面党のことも見えてくるはずだ」

と、おもむろに言った。

「あっしも、そうみやす」

「おれは、五年前の鬼面党のことをもうすこし探ってみるつもりだ」

隼人は、山崎屋で竜蔵以下五人が死んだため、鬼面党の探索はやめてしまったが、近松屋に押し入った盗賊や稲七殺しの下手人をつきとめるためにも、五年前の鬼面党の件を探ってみる必要があるような気がした。

「ただ、いまから五年前のことを探るといってもむずかしい。……八吉、当時の鬼面党のことを知っていそうな者はいないか」

隼人は、八吉なら心当たりがあるのではないかと思った。

「旦那、猪之吉《いのきち》に訊いてみやすか」

「黒江町《くろえちょう》の猪之吉か」

「へい」

「猪之吉なら、何か耳にしているかもしれないな」

隼人は、黒江町の猪之吉を知っていた。知っていたといっても、八吉に連れられて猪之吉と会い、話を聞いたことがあるだけである。

猪之吉は賭場の壺《つぼ》振りをしていたが、四十過ぎて中風を患って壺振りをやめ、深川黒江町の裏路地で女房のおしげといっしょに飲み屋を始めた。その飲み屋にむかしの博奕《ばくち》打ちや遊び人、それに盗人などが飲みに来るようになり、猪之吉は江戸の闇世界の噂《うわさ》を耳にするようになったらしい。

それで、猪之吉は江戸の闇世界で生きている無宿人、凶状持ち、盗人など江戸の闇世界で生きている者たちのことに詳しかった。

「これから、行きやすか」

八吉が言った。

「店は、どうするのだ」

「なに、昼になれば利助と綾次が帰ってきまさァ」

八吉はその気になっているようだ。

3

隼人と八吉は豆菊を出ると、紺屋町の表通りを東にむかい、賑やかな両国広小路に出た。そして、大川にかかる両国橋を渡り、本所に出ると、大川端の道を川下にむかった。

御舟蔵の脇を過ぎると、右手に大川の川面がひろがっていた。風のない穏やかな晴天だった。川面が初秋の陽射しを反射《はね》て、キラキラとかがやいている。その眩《まば》ゆいひかりのなかを、猪牙舟、屋形船、茶船などが、ゆったりと行き交っていた。

隼人と八吉は、永代橋の彼方までつづく川面を見ながら、川沿いの道を川下にむかって歩いた。

やがて、隼人たちは永代橋のたもとに出た。さらに、川下へむかって歩き、相川町を過ぎたところで、左手の通りに入った。その通りは富ケ岡八幡宮の門前通りにつながっていて、黒江町はその通り沿いにある。

隼人たちは、掘割にかかる八幡橋を渡った。前方に、富ケ岡八幡宮の一ノ鳥居が見えてきた。この辺りから、黒江町である。

「この近くだったな」

隼人が言った。

「そこの料理屋の脇を入《へえ》った先でさァ」

八吉が先にたち、料理屋の脇の路地に入った。

そこは裏路地だったが、小店《こだな》や仕舞屋《しもたや》などがつづいていた。土地の住人が多いようだが、通行人が行き交っている。

「かめやは、そこだ」

隼人が、見覚えのある赤提灯《あかちょうちん》を指差して言った。

縄暖簾を出した店の軒先に、赤提灯がぶらさがっていた。提灯に、「さけ　かめや」とだけ書いてあった。猪之吉の店である。

客がいるらしく、店のなかから男の濁声《だみごえ》や哄笑《こうしょう》などが聞こえてきた。

「入《へえ》りやすぜ」

八吉が隼人に声をかけ、先に縄暖簾をくぐった。

店のなかは薄暗かった。土間に飯台が置かれ、男が三人、酒を飲んでいた。ふたりは腰切半纏《こしきりばんてん》に股引《ももひき》姿だった。左官か屋根葺《ふ》き職人といった感じである。もうひとりは、若い遊び人ふうの男だった。

三人は隼人たちが入っていくと、話をやめて警戒するような目をむけた。隼人が武士だったからだろう。

「とっつァん、いるかい」

八吉が、奥に声をかけた。

「いま、行くよ」

土間の奥で、男の声がした。

隼人はその声に聞き覚えがあった。猪之吉である。すぐに、下駄の音がし、猪之吉が姿を見せた。猪之吉はすこし腰がまがり、鬢や髷に白髪が目立った。八吉ほどではないが、猪之吉もかなりの歳《とし》らしい。

「八吉か」

そう言った後、猪之吉は隼人に、「旦那、お久し振りで」と言って、ちいさく頭を下げた。どうやら、隼人のことを覚えていたようだ。

「一杯《いっぺえ》、飲ませてくんな」

八吉が常連らしい口振りで言った。

「旦那もいっしょじゃァ、奥にしやすか」

猪之吉が訊いた。

店の土間の奥に、小座敷があった。座敷といっても土間のつづきにある小部屋で、障子がたててあるだけだった。ふだんは、猪之吉とおしげの居間になっているらしかった。

猪之吉は、こみいった話があると察知して、客のいない座敷を隼人たちに使わせる気になったようだ。

「すまねえな」

八吉は酒と肴《さかな》を頼んでから、隼人とともに小座敷に入った。以前、猪之吉に話を訊いたときも、その小座敷を使ったので、勝手が分かっていたのだ。

座敷に腰を落ち着けていっとき待つと、猪之吉とおしげが入ってきた。ふたりは酒と肴を手にしていた。

おしげは、でっぷり太った四十女だった。洒落《しゃれ》っ気もないようで、髪がくずれて耳元に垂れ下がっていた。

肴は冷奴とたくわんの古漬けだった。以前来たときも小鉢に入ったたくわん漬けは出たので、通しかもしれない。

おしげは酒と肴を隼人と八吉の膝先に並べると、隼人たちに愛想笑いを浮かべて、

「ゆっくりやってくださいね」

と言い残し、座敷から出ていった。

八吉は、猪之吉についでもらった猪口《ちよこ》の酒を飲み干すと、

「おめえに、訊きてえことがあってな」

と言って、懐から巾着《きんちやく》を取り出し、一朱銀を摘《つま》み出して猪之吉の掌に握らせてやった。いつもそうだった。猪之吉は、ただでは話さないのだ。

「すまねえなァ。……それで、何を聞きてえ」

猪之吉は急に声を低くした。

「佐賀町の近松屋に、押し込みが入《へえ》ったのを知ってるかい」

八吉は、近松屋のことから話した。近松屋のある佐賀町は、黒江町から近かったので、猪之吉の耳に入っているとみたのであろう。

隼人は、黙っていた。この店にきたときは、八吉にまかせることにしていたのだ。

「聞いてるよ。近松屋は、近えからな」

「猪之吉、近松屋の入ったのは、鬼面党らしいぜ」

八吉がさらに声をひそめて言った。

「そうかい」

猪之吉は、驚いたような顔をしなかった。おそらく、鬼面党らしいという噂を耳にしているのだろう。

「妙な話じゃァねえか。五年前、鬼面党の五人は押し入った店で焼け死んでるんだぜ。その五人が、あの世から舞い戻ってきたというのかい」

「生き残ったやつも、いるらしいぞ」

猪之吉の目が強いひかりを帯びていた。壺振りだったころを思わせるような凄みのある目である。

「藤次と利根吉のことか」

八吉は、ふたりの名を口にした。

「さすが、親分だ。よく知ってるな」

「親分はよしてくれ。いまは、おめえと同じように、女房の店を手伝っている身だ」

「そうだったな」

「藤次と利根吉の塒《ねぐら》を知ってるかい」

八吉が声をあらためて訊いた。

「塒は知らねえ。若いころは、ふたりとも鳶《とび》をしてたと聞いてるがな」

「鳶か。……そのころは、どこに住んでたんだい」

「伊勢崎町と聞いたぜ」

「仙台堀沿いの町かい」

深川、伊勢崎町は仙台堀沿いにあった。

「そうよ。……若いころの鳶仲間に、藤次たちのことを知ってるやつがいるかもしれねえぜ」

猪之吉が言った。

そこで、ふたりの話がとぎれた。黙ってふたりのやり取りを聞いていた隼人が、

「五年ほど前に、江戸を騒がせた鬼面党のことを耳にしているか」

と、猪之吉に訊いた、

「へい、噂は聞きやした」

「頭目は竜蔵だ。鬼神の竜ともよばれていたが、竜蔵は盗人になる前、何をしていたか知っているか」

「藤次と同じように鳶をやってたと聞いていやす。それも、頭《かしら》だったようでさァ」

「鳶の頭か。……すると、藤次と利根吉は、そのころから竜蔵とつながりがあったの

かもしれんな」

「へえ」

「ところで、竜蔵は独り身だったのか」

隼人が訊いた。

「女房と子供がいたようですぜ」

「いたのか」

隼人は念を押すように訊いた。

「へい、旦那。鬼面党は、女子供を殺さなかったのを知ってやすかい」

猪之吉が、隼人に訊いた。

「知っている」

「これは、あっしが耳にした噂ですがね。竜蔵には娘がいやして、目の中に入れても痛くねえほど、可愛がっていたそうでさァ。それで、子分たちに、女子供を殺すようなけちな真似《まね》をするんじゃァねえ、と話してたそうですぜ。盗人だが、親子の情は深かったってことですかね」

「うむ……」

そのとき、隼人は竜蔵の女房と娘は、いまもどこかで生きているのではないかと思

い、

「竜蔵の女房と娘は、どこにいるか知っているか」

と、訊いてみた。

「知らねえなあ」

猪之吉が首をかしげた。

4

隼人が出仕するつもりで、庄助を連れて組屋敷を出ると、

「旦那、利助親分ですぜ」

庄助が通りを指差して言った。

ちかごろ、庄助は利助のことを親分と呼ぶようになった。利助を一人前の岡っ引きとして認めたからであろう。庄助は利助が八吉の下っ引きをしていたころ、利助さんと呼んでいたのだ。

路傍に立っていたのは、利助ひとりではなかった。綾次、繁吉《しげきち》、浅次郎《あさじろう》の姿もあった。繁吉も、隼人が手札を渡している岡っ引きである。ふだん、深川今川町で、船宿の船頭をしている。浅次郎は繁吉の下っ引きだった。

利助たち四人は、隼人の姿を目にすると駆け寄ってきた。どうやら、隼人が出仕のために、組屋敷を出るのを待っていたようだ。おそらく、大勢だったので組屋敷に入るのを遠慮したのだろう。

「何かあったのか」

隼人は四人に目をやって訊いた。

「あっしも、鬼面党の探索に使ってもらいてえと思いやしてね」

繁吉が言うと、浅次郎もうなずいた。

隼人は繁吉に手札を渡していたが、利助とちがい、大きな事件のおりだけ繁吉に探索を頼むことにしていた。繁吉は船宿の船頭をしていたので、勝手に仕事を休むことができなかったからである。

「やってくれるか」

隼人が言った。

「へい」

「おれもな、此度《こたび》の事件《やま》は繁吉にも頼む気でいたのだ。一筋縄ではいかない事件のようだからな」

「さっそく、探索にあたりやすぜ」

繁吉が意気込んで言った。

「それで、利助は？」

隼人は歩きだした。その場に立ったまま話しているわけにはいかなかった。ちょうどいまごろ、八丁堀の通りは奉行所に出仕する同心たちが頻繁に通りかかるのだ。

「旦那、稲七が殺られたところを見たやつがいやしたぜ」

利助が言った。

利助と綾次は、稲七が殺された浜町河岸界隈《かいわい》で聞き込みにあたっていたのだ。

「いたか」

「へい、夜鷹《よたか》そばの親爺でさァ」

利助が、親爺から聞いた話によると、親爺は稲七が殺された現場の近くを通りかかったとき、栄橋を渡ってくる五人の男の姿を目にしたという。夜更けで、辺りに他の人影はなかったそうだ。

「親爺の話によると、橋を渡り終えたとき、ひとりが逃げるように走りだしたそうでさァ。それが、稲七だったようで」

すぐに、四人の男が後を追った。そして、逃げた男に追い付くと、武士体《てい》の男が刀を抜き、「面倒だ。ここで始末する」と言いざま、斬りつけたという。

「やはり、稲七は小料理屋から連れていかれて、始末されたのだな」

隼人は、稲七が殺された現場で、天野の手先から稲七が小料理屋から連れていかれたらしいことを聞いていた。

「へい」

「武士の他にいた三人だが、何者か知れたか」

隼人が訊いた。

「三人のうちふたりは、鳶か左官のように見えたそうでさァ」

親爺の話だと、ふたりは腰切半纏に股引姿だったという。もうひとりは、遊び人ふうだったそうだ。

「鳶か、左官な」

そのとき、隼人は猪之吉の話を思い出した。猪之吉は、藤次と利根吉は若いころ鳶をしていたと隼人に話した。頭目の竜蔵も、鳶の頭だったらしいという。

隼人は猪之吉から聞いた話を利助たち四人に話し、

「鳶にあたってみるのも、手だぞ」

と、言い添えた。

「鳶といっても、江戸はひろいからな」

利助が、戸惑うような顔をして言った。

「伊勢崎町だ。藤次と利根吉は若いころ、伊勢崎町に住んでいたようだ。そのころ、鳶をやっていたらしい」

隼人が足をとめて言った。

「伊勢崎町で、聞き込めばいいんですかい」

利助たち三人も足をとめた。

「そうだ」

「これから、伊勢崎町にまわりやすぜ」

利助が意気込んで言うと、繁吉たち三人もうなずいた。

隼人は、奉行所に出仕せず、このまま伊勢崎にまわってもいいと思った。

「おれも行くか」

「旦那、御番所（奉行所）へは」

利助が訊いた。

「今日はいいだろう」

隼人は奉行所で、詰所にいる定廻《じょうまわ》りか臨時廻りの同心に、その後の探索の様子を訊いてみるつもりだったが、今日でなくともよかった。

庄助は組屋敷にもどってもいい、と隼人は思ったのだ。

「庄助、どうする」

「あっしも行きやす」

庄助も、その気になっていた。

「よし、みんなで行こう」

隼人は庄助も連れていくことにした。

隼人は小袖を着流し、羽織の裾を帯に挟む八丁堀ふうの恰好をしていたので、何人もの手先を連れて歩いても不審の目をむけられることはない。市中巡視に見えるはずである。

隼人たちは踵《きびす》を返し、北に足をむけた。日本橋川沿いの通りに出て、大川にかかる永代橋《えいたいばし》を渡り、深川佐賀町に出るつもりだった。佐賀町から、伊勢崎町はすぐである。

隼人たちは永代橋を渡ると、大川沿いの道を川上にむかった。しばらく歩くと、仙台堀にかかる上ノ橋が見えてきた。橋を渡り、仙台堀沿いの道を東にむかった先が伊勢崎町である。

隼人は伊勢崎町に入ると、足をとめ、

「この辺りで分かれて、聞き込んでみるか」

と、利助たち五人に声をかけた。六人もでいっしょに歩きまわってても埒《らち》が明かない

し、人目を引くだろう。

「そこに、そば屋があるな。一刻（二時間）ほどしたら、店先に集まってくれ。そばでも食いながら、聞き込んだことを話すことにしよう」

隼人が言った。一刻すれば、昼を過ぎるかもしれない。隼人もそうだが、利助たちは朝が早いので、腹がすくだろう。

5

「さて、どうするか」

隼人は、仙台堀沿いの道に目をやってつぶやいた。

仙台堀沿いの道には、ちらほら人影があった。武士の姿はすくなく、ぼてふり、風呂敷包みを背負った行商人、印半纏を羽織った船頭などが目についた。

「旦那、材木問屋の奉公人か大工なら、この辺りに住む鳶を知ってるはずですぜ」

庄助が言った。

庄助は挟み箱を担いでいたこともあり、隼人といっしょに聞き込みにあたることになったのだ。

「そうだな」

鳶は、ふだん普請場で働いていることが多い。大工や左官、それに材木を扱う材木問屋の奉公人なら鳶のことも知っているだろう。

「堀沿いには、材木問屋もあるはずでさァ」

仙台堀は木場につながっている。堀沿いに、木場の材木を扱う材木問屋があってもおかしくない。

「歩いてみるか」

隼人と庄助は、仙台堀沿いの道を東にむかって歩いた。

いっとき歩くと、仙台堀にかかる海辺橋が見えてきた。海辺橋のたもと辺りまでが、伊勢崎町である。

「旦那、そこに、材木問屋がありやすぜ」

庄助が指差した。

通りの先に、土蔵造りの大店《おおだな》があった。脇に、材木を保管しておく倉庫が二棟あり、裏手には白壁の土蔵もあった。盛っている店らしく、印半纏姿の船頭や川並《かわなみ》らしい男などが、頻繁に出入りしていた。店の前の仙台堀には桟橋もあり、材木問屋の持ち船が何艘か舫《もや》ってある。

「大杉屋《おおすぎや》だな」

店の脇の立て看板に、「材木問屋　大杉屋」と記してあった。

「店に入《へえ》って、訊いてみやすか」

庄助が言った。

「いや、桟橋にいる男に訊いてみよう」

桟橋に舫ってある舟に、印半纏姿の男がふたりいた。船頭か川並であろう。ふたりは、桟橋の杭《くい》に繋《つな》いである猪牙舟の船梁《ふなばり》に腰を下ろして、煙管《きせる》で莨《たばこ》を吸っていた。おそらく、材木を運び終えて一休みしているのだろう。

隼人と庄助は、短い石段を下りて桟橋に出た。

船梁に腰を下ろしていたふたりは、身を硬くして近付いてくる隼人たちに目をむけた。いきなり、八丁堀同心が近付いてきたので驚いたらしい。

「大杉屋の船頭か」

隼人は、艫《とも》の方にいた男に訊いた。

二十代半ばであろうか、赤銅色《しゃくどういろ》の肌をした大柄な男である。顔をこわばらせ、不安そうな目を隼人にむけた。手にした煙管が空にとまり、雁首《がんくび》から立ち上った煙が風に散って、流れていく。

「へ、へい」

男は声をつまらせて答えた。

「材木を扱う仕事をしていると、大工や鳶などにも知り合いがいるだろうな」

隼人は世間話でもするような口調で言った。

「顔見知りはいやすが……」

男の顔がいくぶんやわらいだ。

「実は、鳶のことで、訊きたいことがあるのだがな。なに、たいしたことではないのだ。……この辺りに住むふたりの鳶に因縁をつけられ、金を脅し取られそうになった男がいてな。それで、訊いているのだ」

隼人は、適当な作り話を口にした。鬼面党のことで探っていることは、伏せておきたかったのだ。

「そいつの、名は分かるんですかい」

男が訊いた。

「藤次と利根吉だ」

隼人はふたりの名を出した。

「知らねえなァ……」

そう答えると、男は舳先《へさき》の方にいたもうひとりに、

「安吉《やすきち》。鳶でな、藤次と利根吉という男を知ってるかい」

と、声を大きくして訊いた。

「知らねえが……。この辺りに、住んでるんですかい」

安吉が隼人に顔をむけて訊いた。四十がらみと思われる痩せた男である。

「伊勢崎町に住んでいたらしいのだが、ずいぶん前の話でな。六、七年は、経つかもしれない」

隼人は、ふたりとも鬼面党の仲間にくわわったときは、鳶はやめていただろう、と思い、六、七年前と口にしたのだ。

「六、七年も前《めえ》か……」

安吉は首をひねっていたが、

「利根吉は、海辺橋の近くに住んでた男かもしれねえ……」

つぶやくような声で言った。はっきりしないのだろう。

「いまはいないのか」

すぐに、隼人が訊いた。

「いまはいねえ。六、七年前に、住んでた長屋を出たはずでさァ」

「遊び人でしてね。仕事もろくにしねえで、遊び歩いてたようでさァ。……女郎屋や賭場に出入りするし、盗人でもしてるんじゃァねえかと、陰口をたたくやつもいやしたぜ」

「どんな男だ」

「盗人な」

隼人は胸の内で、その男が、鬼面党一味の利根吉にまちがいないと思った。

「利根吉に家族はいなかったのか」

隼人が訊いた。

「家族は、いなかったんじゃァねえかな。……情婦《おんな》はいたようですがね」

安吉の顔に薄笑いが浮いた。

「情婦の名は分かるか」

「名は知らねえ」

隼人は念のために訊いてみた。

「ところで、利根吉が住んでいた長屋を知っているか」

隼人は、長屋の住人に訊けば、利根吉のことが分かるのではないかと思った。

「幸兵衛《こうべえ》店《だな》でさァ」

隼人は幸兵衛店に行ってみようと思い、

「手間を取らせたな」

そう言い置いて、踵を返した。

6

「旦那、どうしやす」

桟橋から通りに出たところで、庄助が隼人に訊いた。

「幸兵衛店まで行ってみよう」

海辺橋まで遠くなかった。遠方だが、海辺橋はみえていた。幸兵衛店で、利根吉のことを訊く間はあるだろう。

隼人は庄助は、仙台堀沿いの道を東にむかった。いっとき歩くと、海辺橋のたもとに出た。

「幸兵衛店は、どこかな」

そう言って、隼人が辺りに目をやると、

「あっしが、そこの八百屋で訊いてきやす」

庄助は、近くにあった八百屋に小走りにむかった。

隼人は仙台堀の岸際に立って、庄助がもどるのを待った。

庄助は八百屋の店先で親爺らしい男と何やら話していたが、すぐに走ってきた。

「だ、旦那、知れやしたぜ」

庄助が声をつまらせた。走ってきたせいらしい。

「この近くか」

「へい、そこにある笠屋《かさや》の脇だそうで」

庄助が指差した。

八百屋から半町ほど先に笠屋があった。店先に、菅笠《すげがさ》、網代笠《あじろがさ》、深編笠《ふかあみがさ》などが下がっている。その店の脇に、長屋につづく路地木戸があった。

隼人と庄助は、笠屋に足をむけた。ふたりが、笠屋の店先まで来たときだった。路地木戸からふたりの男が出てきた。

「繁吉親分だ！」

庄助が声を上げた。

路地木戸から出てきたのは、繁吉と浅次郎だった。ふたりは隼人たちを見て、驚いたような顔をした。

繁吉たちは隼人たちのそばに来ると、

「旦那たちも、幸兵衛店に」

と、繁吉が訊いた。

「そうだ、繁吉たちもか」

「へい、知り合いの船頭から、利根吉が長屋に住んでいたと聞きやしてね。長屋の者に、話を訊いてみたんでさァ」

繁吉は今川町の船宿の船頭をしていた。それで、この辺りにも知り合いの船頭がいたのだろう。

「おれたちが、長屋の者に訊くことはないな」

隼人は踵を返した。

隼人たち四人は、仙台堀沿いの道を西にむかった。このまま、そば屋の店先にもどるつもりだった。

堀沿いの道を歩きながら、

「それで、利根吉は長屋にいたのか」

隼人が、訊いた。

「いやせん。利根吉は、六年ほど前に長屋を出たそうで」

「やはりそうか」

安吉が話していたとおりである。

「利根吉は鳶をしてたが、ろくに仕事に行かなかったそうでさァ。……そのくせ、女郎屋や賭場に出入りしていて、金遣いも荒かったそうですぜ」

「そうらしいな」

隼人も、船頭から利根吉の金遣いが荒かったことは聞いていた。

「情婦《おんな》がいっしょに暮らしていたそうだな」

隼人が訊いた。

「へい、ですが、その情婦とは七、八年も前に別れたそうで」

「七、八年も前か。……利根吉が鬼面党にくわわる前かもしれないな」

隼人は、情婦をつきとめても、あまり役にはたたないような気がした。

「それで、利根吉の仲間の話は聞けなかったか」

仲間の藤次が、幸兵衛店に出入りしていたかもしれない。

「仲間かどうか分からねえが、妙な話を耳にしやした」

繁吉が声を低くして言った。

「妙な話とは？」

「三日前に、長屋に若い女が訪ねてきやしてね。長屋の者に、利根吉の行き先を訊いたそうでさァ」

「利根吉の情婦《いろ》ではないのか」

「ちがいやす。長屋の者の話では、その女は十七、八に見えたそうです。……利根吉の情婦は、長屋に住んでいるとき年増《としま》だったようですから、いまは三十ちかいはずでさァ」

繁吉が断定するように言った。

「別人か。……利根吉のいまの情婦かもしれんな」

そう口にしたが、隼人はちがうような気がした。利根吉のいまの情婦なら、六、七年も前に住んでいた長屋を訪ねてきて、利根吉の行き先を訊いたりしないだろう。

そんなやり取りをして歩いているうちに、隼人たちはそば屋の前まで来た。店の脇で、利助と綾次が待っていた。

「腹がへったな。まず、腹拵《はらごしら》えをしてからだ」

隼人は、利助たち五人を連れてそば屋に入った。

隼人たちは二階の小座敷に腰を落ち着けると、そばと酒を頼んだ。腹がすいていたが、喉も渇いていたのである。

隼人たち五人は酒で喉をうるおし、そばで腹拵えをすると、

「利助、何か知れたか」

隼人が、あらためて切り出した。

「あっしは、船頭や川並などから話を聞いたんですがね。利根吉のことを知る者はいなかったんでさァ」

利助が肩を落として言った。どうやら、利助たちも隼人と同じことを考えて、船頭や川並から話を聞いたらしい。

「おれと庄助も、似たようなものだ」

そう言って、隼人が苦笑いを浮かべると、

「ちょいと、気になることを耳にしたんでさァ」

利助が声を低くして言った。

「気になるとは？」

「七、八年前、利根吉が深川で遊び歩いていたころ、稲七親分がちょくちょく伊勢崎町に姿を見せて、利根吉のことを探っていたそうでさァ」

「七、八年前というと、鬼面党が押し込みを始める前だな」

「へい、……そのころ、稲七親分は、博奕のことで利根吉に目をつけてたようで」

「そういえば、利根吉は賭場に出入りしてたようだな」

「稲七親分は利根吉を知っていたので、鬼面党が騒がれるようになったとき、利根吉も一味にくわわっていると、みたのかもしれねえ。……それで、利根吉に近付いた」

利助の目に鋭いひかりが宿った。八吉が、岡っ引きをしてたころ見せた目付きにそっくりである。

「そうか！　稲七に鬼面党のことを密告《さし》たのは、利根吉か」

思わず、隼人が声を大きくした。

「あっしの勝手な読みですがね。利根吉は自分から密告たんじゃァなく、稲七親分に、鬼面党のことを話さねえと、おめえを引《ひ》っ括《くく》るとでも、脅されてしゃべったんじゃァねえかと……」

「利助、いい読みだ。……それで、利根吉とつながってた藤次も、山崎屋の押し込みにはくわわらなかったわけだな」

隼人は、まだ、半人前だと思っていた利助を見直した。八吉に負けない、いい御用聞きになりそうだ。

7

隼人が縁先で髪結いの登太に髷をあたらせていると、戸口の方で、旦那、旦那、と呼ぶ庄助の声が聞こえた。

「何か、あったようだな」

出仕前に、庄助が戸口で、隼人を呼ぶことなど滅多になかった。

隼人はおたえを呼んで、庄助を庭にまわそうと思った。髪結いが終わるまで、縁先で話を聞こうと思ったのだ。

そのとき、登太が、

「すぐに、終わりやす」

そう言って、急いで髷に櫛を入れ、隼人の肩先にかけてあった手ぬぐいをとった。髪結いは終わったらしい。

隼人は立ち上がり、戸口に出ようとすると、おたえが顔を出した。菊太郎を抱いている。菊太郎は隼人を目にすると、「父上、父上」と呼びながら、両手を伸ばした。隼人に遊んで欲しいらしい。隼人は菊太郎と遊んでやることがあったが、ちかごろは事件の探索に追われ、それどころではなかった。

「菊太郎、忙しいのでな。後にしてくれ」

隼人は、おたえに抱かれている菊太郎の背を撫《な》でてやってから戸口にむかった。

戸口に、庄助と繁吉が立っていた。繁吉は、急いできたらしく息が乱れ、顔に汗が浮いていた。そばに、浅次郎の姿がなかった。繁吉はひとりで来たらしい。

「どうした、繁吉」

隼人が訊いた。

「殺られやした！　利根吉が」

繁吉がうわずった声で言った。

「利根吉が殺られただと！」

思わず、隼人が聞き返した。

「へい、今朝、仙台堀の桟橋にひっかかっていたのを船頭が、見つけやした」

繁吉によると、見つけたのが顔見知りの船頭だったので知らせてくれたという。船頭のなかに利根吉のことを知っている男がいて、死体が利根吉と知れたそうだ。

「とにかく、旦那に知らせようと、急いで来たんでさァ」

繁吉は、舟で南茅場町の大番屋の裏手にある日本橋川の桟橋まで来たという。仙台堀から大川に出て日本橋川に入れば、陸を通らずに大番屋の裏手まで来られる。

「よく知らせてくれた。すぐに、行く」

隼人は、戸口まで見送りに来たおたえに、出かけてくる、とだけ言い置いて、戸口から外に出た。

「旦那、あっしもお供しやすぜ」

庄助が言った。

「庄助、頼みがある」

「なんです？」

「豆菊を知ってるな」

「利助親分のところですかい」

「そうだ。庄助は豆菊にたち寄って、このことを利助に知らせ、伊勢崎町までいっしょに来てくれ」

「承知しやした」

庄助は隼人の後についてきながら言った。

隼人は、日本橋川の大番屋の裏手にある桟橋から、繁吉の舟に乗った。舟なら、伊勢崎町も近かった。

日本橋川を下り、大川へ出てから遡《さかのぼ》り、新大橋の手前を横切って仙台堀に入れば伊勢崎町はすぐである。舟に乗ったまま、仙台堀の桟橋まで行ける。

繁吉は仙台堀に舟を進め、前方に海辺橋が見えてきたところで、

「橋の手前の桟橋ですぜ」

と、艫から声をかけた。

見ると、左手に桟橋があり、大勢の男たちが集まっていた。船頭や川並、それに通りすがりの野次馬や岡っ引きらしい男の姿もあった。

「舟を着けやすぜ」

繁吉は隼人に声をかけ、巧みに棹《さお》をあやつって、舟の水押《みよ》しを舫《もや》ってある猪牙舟の間に入れた。

隼人は、舟の水押しから桟橋に飛び下りた。繁吉はすばやく舫い綱を杭《くい》にかけると、舟から飛び移った。

「旦那、こっちで」

繁吉が桟橋に集まっている男たちを掻《か》き分けるようにして、隼人とともに桟橋の先端近くに出た。

桟橋にいる船頭や川並などから、「八丁堀の旦那だ」「前をあけろ」などという声が聞こえ、隼人のために身を引いたのだ。

桟橋の先端近くに、男がひとり横たわっていた。仙台堀から引き揚げられたらしく、ぐっしょり濡れている。

隼人と繁吉は、横たわっている男に近付いた。

「利根吉でさァ」

繁吉が小声で言った。

……これは！

隼人は、胸の内で声を上げた。

利根吉の首が、ねじれたように横を向いていた。皮肉だけ残して截断《せつだん》された首から、頸骨《けいこつ》が白く覗《のぞ》いている。

その斬り口は、近松屋の番頭の蓑蔵や岡っ引きの稲七と同じものだった。利根吉も、同じ下手人の手にかかったとみていい。

利根吉は、元結《もとゆい》が切れてざんばら髪だった。その髪が濡れ、黒い藻《も》のように顔や首の辺りにからまっている。

利根吉は、がっちりした体軀《たいく》だった。両襟がはだけ、濡れた厚い胸や腹があらわになっていた。

どうやら、利根吉は首を刎《はね》られた後、仙台堀に投げこまれたらしい。

「利根吉のことを知っている男が、いたそうだな」

隼人が訊いた。

「へい、船頭の増造《ますぞう》で」

「ここにいるか」

「いやす」

「呼んでくれんか」

隼人は、増造に話を訊いてみようと思った。

すぐに、繁吉はすこし離れた場所にいた小柄な男を連れてきた。四十がらみと思われる男で、陽に灼《や》けた赤銅色の肌をしていた。船頭として、陽にあたることが多いのだろう。その顔が、こわばっていた。緊張しているらしい。

「増造か」

隼人がおだやかな声で訊いた。

「へ、へい」

「この男を、知っているそうだな」

隼人が死体を指差して言った。

「利根吉でさァ」

「この男の生業《なりわい》を知っているか」

「鳶でさァ。……ただ、鳶をやってたのはむかしのことで、ちかごろは何をしてたか知りやせん」

「鳶の頭を知っているか」

隼人は、竜蔵が鳶の頭をしていたと聞いていたので、そう訊いてみたのである。

「頭は本所に住んでいると聞いたような気がしやすが……。名は分からねえ」

増造は首をひねった。

「本所な……」

本所だけではひろすぎて、探りようもない。

「最近、利根吉と会ったことはないのか」

隼人が声をあらためて訊いた。

「半月ほど前《めえ》、大川端を歩いているのを見かけたことがありやす」

「そのとき、利根吉はひとりだったのか」

「藤次という男といっしょでした」

「藤次を知っているのか！」

思わず、隼人の声が大きくなった。

「知っているってほどじゃァねえが……。若いころ、利根吉や藤次といっしょに遊んだことがあるんでさァ」

増造が、首をすくめるようにして言った。

隼人は、賭場かもしれない、と思ったが、そのことは訊かなかった。増造が賭場で博奕をやったとしても、若いころのことであろう。いまもやっていれば、八丁堀の同心の前で、それらしいことを口にするはずはないのだ。

「藤次の塒を知らないか」

隼人が声をあらためて訊いた。

「知りやせん。ちかごろは、顔を合わせることも滅多にねえんでさァ」

「若いころ、いっしょに遊んだときは、藤次はどこで暮らしていたのだ」

隼人は、若いころの藤次の塒が分かれば、そこから手繰《たぐ》れるのではないかと思った。

「東平野町の長屋でさァ」

東平野町は、ここから近かった。仙台堀沿いにあり、伊勢崎町の東方である。

増造によると、長屋の名は忘れたが、亀久橋《かめひさ》のたもと近くだという。

そのとき、桟橋にいた男たちがざわめき、人垣を分けるようにして利助たちが近付いてきた。利助、綾次、庄助、それに八吉の姿もあった。庄助から話を聞いて、八吉も駆け付けたらしい。

隼人は、利助たちが利根吉の死体に目をやるのを待ってから、

「刀傷だ。下手人は、武士とみていい。……近所で聞き込んでくれ。利根吉が殺され

たところを見た者がいるかもしれない」

利助たちに、そう指示した。

それから、陽が西の空にまわるころまで、隼人たちは、仙台堀沿いの道を歩いて聞き込んだが、目撃者から話を聞くことはできなかった。

隼人たちが、あたらめて桟橋の前に集まったとき、

「旦那、利根吉を殺った下手人は、鬼面党の者とみやしたが」

八吉が、声をひそめて言った。

「おれも、そうみている」

死体の斬り口が同じことから、近松屋の番頭の蓑蔵、岡っ引きの稲七、それに利根吉は、同じ下手人の手にかかったとみていた。

「稲七と利根吉は、口封じのために殺られたのかもしれねえ」

八吉がつぶやいた。

「それだけではないな」

隼人は、別の理由があるような気がした。

「いずれにしろ、藤次も狙われるような気がしやす」

八吉が言った。虚空にむけられた双眸《そうぼう》が、鉤縄の八吉と呼ばれたころの鋭いひかり

を宿している。

「まちがいない、藤次も狙われている」

隼人が低い声で言った。

第三章　追跡

1

隼人は御家人ふうに身を変え、仙台堀沿いの道を東にむかって歩いていた。利助、綾次、繁吉、浅次郎の四人が従っている。

隼人たちは、東平野町に行くつもりだった。船頭の増造から、藤次が若いころ住んでいた長屋が東平野町にあると聞き、長屋の住人に藤次のことを訊いてみようと思ったのである。

まだ、五ツ半（午前九時）ごろだった。繁吉が隼人を舟で八丁堀まで迎えにきてくれたので、早く来られたのだ。舟は、海辺橋近くの桟橋に繋《つな》いである。

「旦那、長屋の名は分からねえんですかい」

歩きながら、利助が訊いた。

「分からない。亀久橋のたもと近くらしい」

隼人が言った。

「橋のたもと近くに、長屋はいくつもねえはずだ。そう手間は、かかりませんや」

繁吉が脇から口をはさんだ。繁吉は船頭として、仙台堀も使うことが多いらしく、界隈《かいわい》の町のことも知っていた。

隼人たちがそんなやりとりをして歩いているうちに、仙台堀の先に亀久橋が見えてきた。橋の両側に、家並がひろがっている。亀久橋は東平野町と亀久町を結んでいる。

隼人たち五人は、亀久橋のたもとまで来ると、岸際に足をとめ、

「さて、どうするか」

隼人が、たもとの家並に目をやりながら言った。

亀久橋が、富ケ岡八幡宮や木場のある地と結んでいるせいか、人通りは思ったより多かった。通り沿いには、そば屋、一膳めし屋、小料理屋などの飲み食いする店の他に、傘屋、足袋屋《たびや》、下駄屋などが並んでいた。けっこう、客がたかっている。長屋や仕舞屋《しもたや》などはないようだ。

「また、別々に聞き込みやすか」

繁吉が言った。

「その前《めえ》に、あっしが、そこの足袋屋で訊いてきやすよ」

そう言って、利助がその場を離れた。

近くに、足袋屋があった。軒先に、足袋の看板がかかっている。利助は、足袋屋のなかに入ったが、すぐに店から出てきて、隼人たちのそばに走ってきた。

「こ、この先に、長屋があるそうですぜ」

利助が東の方を指差して言った。

「なんという長屋だ」

隼人が訊いた。

「富造店《とみぞうだな》だそうで」

「他に長屋は、ないのか」

「近所には、富造店しかねえらしい」

「それなら、みんなで行ってみるか」

隼人たちは、堀沿いの道を東にむかった。

橋のたもとから離れると、道沿いには小体《こてい》な店が多くなり、空き地や借家ふうの仕舞屋なども目にとまった。

「酒屋の脇だと、言ってやした」

そう言って、利助は通り沿いの店に目をやった。

「親分、あそこに酒屋がありやすぜ」

綾次が通りの先を指さした。

この辺りでは、目につく大きな店だった。店先に酒林《さかばやし》がつるしてあり、店の脇に桶《おけ》が置いてあった。桶には、徳利《とっくり》を洗うための水がはってある。

「店の脇に、路地木戸があるな」

酒屋の脇に路地木戸があった。その先に、長屋があるようだ。

隼人たちは酒屋に立ち寄り、店のあるじに、富造店かどうか訊いてみた。

「そうでさァ」

あるじは、訝《いぶか》しそうな目で隼人たちを見た。御家人ふうの武士が、供とは思えない町人を五人も連れていたからだろう。

「富造店に、藤次という男が住んでいるか」

隼人は、藤次の名を出して訊いてみた。

「藤次という名の男は、いませんが……」

おやじは首を横に振った。

「邪魔したな」

隼人は、長屋の住人に訊いた方が確かだと思い、すぐに踵《きびす》を返した。

隼人は路地木戸の前に足をとめ、

「五人もで、踏み込むことはないな。……繁吉と浅次郎は、近所で聞き込んでみてくれ」

と、四人に目をやりながら言った。

「承知しやした」

すぐに、繁吉と浅次郎はその場を離れた。

隼人は利助と綾次を連れて、路地木戸をくぐった。木戸の先に井戸があった。長屋の女房らしい女がふたり、それに子供が三人遊んでいた。まだ、五、六歳と思われる幼児である。

ふたりの女は、何やら立ち話をしていた。ふたりの脇に手桶が置いてある。水汲《みずく》みにでも来て顔を合わせたらしい。

隼人たちが近付いていくと、ふたりの女は話をやめ、不安そうな目をむけた。御家人ふうの男がふたりの町人を連れ、いきなり近付いてきたからだろう。

ふたりの女のそばに屈《かが》んで地面に何やら描いていた子供たちは、小石をつかんだ手をとめ、物珍しそうな顔をして隼人たちを見上げている。

「お女中、この長屋の者かな」

隼人は笑みを浮かべ、おだやかな声で訊いた。

「そうですよ」

太り肉《じし》の女が、答えた。顔の不安そうな色が、いくぶん消えている。隼人のおだやかな声を聞いたせいらしい。

「この長屋に藤次という男が、住んでいるかな」

「藤次ですか……」

太り肉の女が、脇に立っている面長《おもなが》の女に目をやった。

すると、面長の女が、

「藤次という男《ひと》はいませんよ」

と、小声で答えた。

「いまは、いないのか。……六、七年前、住んでいたはずだがな」

「そう言えば、藤次という男がいたね」

太り肉の女が答えると、面長の女がうなずいた。

「藤次は、鳶《とび》をやっていたそうだな」

「若いころは鳶をやってたみたいだけど、六、七年前は、仕事もしないで遊んでたようですよ」

面長の女が顔をしかめて言った。

「藤次は独り暮らしだったのか」

「若い女を連れ込んで、いっしょに暮らしてたようだけど、女はいつの間にかいなくなって、一年ほどしたら、今度は藤次が姿を消しちまったんですよ」

太り肉の女が、藤次を呼び捨てにした。嫌っているようだ。

「六、七年前に長屋を出たきり、ここにはもどってないのか」

「その後も、来たことはあるようだけど、むかしのことで、よく覚えてないよ」

面長の女が言った。

「藤次の仲間が、訪ねてくるようなことはなかったか」

さらに、隼人が訊いた。

利助と綾次は、隼人の脇に立っていた。この場は、隼人にまかせるつもりらしい。

「そういえば、十日ほど前、若い女が長屋に来て、藤次のことを訊いてたそうですよ」

面長の女が言うと、

「あたし、その女を見たよ」

すぐに、太り肉の女が言い添えた。

「どんな、女だ」

隼人も、身を乗り出すようにして訊いた。

「十七、八の色白の女でね。藤次のことを、しきりに訊いてたようですよ」

「どんなことを、訊いたのだ」

「あたし、長屋のおかねさんから聞いたんだけど、藤次は、いまどこで暮らしているのか、訊いてた、と言ってましたよ」

「そいつは、藤次の情婦《おんな》かい」

隼人の脇にいた利助が訊いた。

「そうじゃァないみたい。……藤次に、あんないい女がいるわけないよ。それに、藤次の女なら、居所を知ってるはずだよ」

太り肉の女が言った。

「女の名は、分からないのだな」

隼人が訊いた。

「だれも、名は聞かなかったようですよ」

「その女の他に、藤次を訪ねてきた者はいないのか」

「いないようだけど」

太り肉の女が言うと、面長の女もうなずいた。

「手間をとらせたな」

隼人は、利助と綾次を連れて長屋を出た。長屋をまわって聞き込んでも、あらたなことは知れないと思ったのだ。

2

隼人たち三人が、長屋につづく路地木戸の脇で待っていると、繁吉と浅次郎が慌てた様子でもどってきた。

「だ、旦那、申しわけねえ。待たせちまったようで」

繁吉が困惑したような顔をした。

隼人は亀久橋の方に歩きだしながら、

「何か知れたか」

と、繁吉に訊いた。路地木戸の脇に集まって話していると、人目を引くのである。

「へい、通りで、鳶と出会いやしてね。そいつに、訊いてみたんでさァ」

繁吉によると、通り沿いの店に立ち寄って藤次のことを訊いていると、鳶らしいふたりの男が通りかかったので、ふたりから話を聞いたという。

「そのふたり、藤次のことを知っていたのか」

「知ってやした。若いころ、藤次といっしょに仕事をやったこともあるそうでさァ」

「それで」

隼人は話の先をうながした。

「藤次のことをいろいろ訊いてみやしたが、ちかごろのことはあまり知りませんでした」

そう前置きして、繁吉がふたりの鳶から聞いたことを話しだした。

藤次は鳶をやっていたころから遊び好きで、金を手にすると仕事を休み、岡場所や賭場に出かけていたという。

「利根吉と似ているな」

「そのころ、利根吉と知り合ったようです」

繁吉は、さらに話をつづけた。

「ところが、六、七年前から、あまり姿を見かけなくなり、どこに住んでいるのかも分からなくなったそうです」

「そのころ、鬼面党にくわわったのだな」

「あっしも、そうみてやす。……それに、話を訊いた鳶のひとりが、気になることを口にしやした」

「気になることとは」

隼人が繁吉に目をやって訊いた。

いっしょに歩いている利助と綾次も、繁吉に目をむけている。

「その鳶は、七年ほど前に、藤次が本所で鳶の頭をしていた竜蔵という男といっしょに歩いているのを見かけたと話したんでさァ」

「鬼神の竜だ！」

思わず、隼人が声を上げた。

利助と綾次は、息を呑《の》んで繁吉を見つめている。

「あっしも、鬼面党の頭の竜蔵とみやした」

「それで、どうした」

隼人が急《せ》きたてるように訊いた。

「その鳶が、覚えていたのはそれだけなんでさァ。分かったのは、藤次が竪川《たてかわ》沿いの道を竜蔵らしい男と歩いていたということだけで」

繁吉の声が急にちいさくなった。

「いや、だいぶ知れたぞ。竜蔵が鳶の頭をしていたのは本所で、そのころから藤次とかかわりがあったこともはっきりした。本所をあたれば、竜蔵のことも鬼面党のことも、見えてくるはずだ」

隼人が声を大きくして言った。

そんなやり取りをしている間に、隼人たちは亀久橋のたもとまで来ていた。そこまで来ると、急に人通りが多くなった。

「旦那、どうしやす。もうすこし、藤次のことを探ってみやすか」

利助が訊いた。

「それより、本所へ行ってみないか」

隼人は、藤次より竜蔵の身辺を探ってみたいと思った。竜蔵は五年ほど前に死んだが、近松屋に押し入った鬼面党には、竜蔵にかかわりのある者がくわわっているとみていたのだ。

「竜蔵を探るんですかい」

「そうだ。ところで、竜蔵が鳶の頭をしてたのは、本所のどこだ」

利助が訊いた。

「相生町《あいおい》だと聞きやした」

「それで、竪川沿いの道を歩いていたのか」

相生町は、竪川の北側に一丁目から五丁目まで長くつづいている。

「舟で行きやしょう。舟なら、竪川まですぐでさァ」

繁吉が言った。

「よし、舟で行こう。昼めしは、相生町に着いてからでいいな」

すでに、九ツ（正午）は過ぎていた。隼人は、相生町で手頃なそば屋でもみつけて腹拵《はらごしら》えをしようと思った。

隼人たちは、舟がとめてある海辺橋近くの桟橋に急いだ。


亀久橋のたもと近くの岸際に、柳が枝葉を茂らせていた。その樹陰に、ふたつの人影があった。ひとりは武士だった。巨軀《きよく》である。網代笠《あじろがさ》をかぶり、小袖にたっつけ袴《ばかま》で大小を帯びていた。もうひとりは女だった。旅装である。着物の裾を帯に挟み、手甲《てつ》脚半《こうきやはん》に草鞋《わらじ》履きで、菅笠《すげがさ》をかぶっていた。

「そこの八百屋の前を、二本差しが歩いていくだろう」

女が隼人を指差して言った。

「御家人のようだ」

「武士の後ろから行く四人は、岡っ引きだよ。……利根吉を引き揚げた桟橋にいたのを見たよ。それにね、あの二本差しは、富造店から出てきたんだ」

　女の物言いは、蓮っ葉だった。

「武士は火盗改《かとう》か」

　巨軀の武士は、隼人が町奉行所の同心のような恰好をしてなかったので、火盗改と思ったらしい。

「ちがうね。あの武士も栈橋で、八丁堀となにやら話していたもの」

「すると、隠密廻《おんみつまわ》りか」

　武士が声を大きくして言った。

「そうかもしれないね。……八丁堀が、利根吉につづいて藤次まで探り始めたとみていいね。しかも、藤次がむかし住んでいた長屋まで、つかんでいるんだよ」

「油断はできんな」

「そのうち、あたしらのことも嗅ぎ付けるよ」

「始末するか」

「早い方がいいね」

「よし、やつら、どこへ行くか尾《つ》けてみよう。様子を見て、おれが始末してもいい」

　武士は柳の陰から出た。

女もつづき、ふたりして隼人たちの跡を尾け始めた。ふたりは海辺橋近くまで跡を尾けてきて、ふいに足をとめた。

「舟だよ」

女が言った。隼人たちが、桟橋につづく石段を下りていくのを目にしたのだ。

「尾けるのは、ここまでだな」

武士が、舟に乗り込む隼人たちに目をやりながら言った。

3

「舟をとめやすぜ」

繁吉が隼人たちに声をかけた。

そこは、竪川にかかる一ツ目橋近くだった。竪川には大川に近い場所から、一ツ目橋、二ツ目橋、三ツ目橋……と、順に橋がかかっている。

繁吉は巧みに棹《さお》を使い、左手の岸にある船寄《ふなよせ》に船縁《ふなべり》を近付けた。

船縁が船寄に着くと、

「下りてくだせえ」

繁吉が隼人たちに声をかけた。

すぐに、隼人たちは船寄に下り立ち、繁吉が舫い綱を杭に繋ぐのを待ってから川沿いの通りに出た。

そこは、本所相生町一丁目だった。家並の先に、回向院《えこういん》の杜《もり》と堂塔が見えている。

竪川沿いの通りは人影が多かった。ぼてふり、町娘、行商人らしい男、供連れの武士などが行き交っている。

「まず、腹拵えだ」

隼人が利助たちに言った。

川沿いの道を東にむかって歩くと、手頃なそば屋があった。隼人たちはそば屋に入り、小女《こおんな》に座敷があいているか訊いた。

「あいてますよ。座敷にしますか」

「頼む」

小女は、隼人たちを追い込みの奥にある小座敷に案内した。

「酒とそばを頼む」

隼人が小女に、五人分を頼んだ。

小座敷でしばらく待つと、小女と店のあるじらしい四十がらみの男が、先に酒と肴《さかな》を運んできた。肴は冷奴と酢の物だった。

「すぐに、そばもお持ちしやす」

そう言い残し、あるじが座敷を出ようとした。

「待て。ちと、訊きたいことがある」

隼人が呼びとめた。

「なんでしょうか」

あるじは、あらためて障子近くに腰を下ろした。

「この近くに、鳶の者は住んでいないか」

「鳶ですか」

あるじは、怪訝《けげん》な顔をした。いきなり、隼人が鳶のことなど訊いたからだろう。

「なに、ちょっとした揉《も》め事があってな。この旦那が、お調べになってるんだ」

そう言って、利助が懐から十手《じって》を覗《のぞ》かせた。

「お上のお調べで……」

あるじの顔に、畏《おそ》れの色が浮いた。羽織袴姿の隼人を、火盗改とでも思ったのかもしれない。

「どうだ。鳶の、そうだな、できれば親分をしている者を知らないか」

あらためて、隼人が訊いた。

「親分さんかは知りませんが、鳶をしている者なら、この先の長屋に住んでおりますが」

あるじによると、百造《ももぞう》という鳶が善兵衛店《ぜんべえだな》という長屋に住んでいるという。善兵衛店は、二ツ目橋の近くの川沿いにあるそうだ。

「百造は、若いのか」

隼人は、若い鳶では竜造や藤次のことを知らないのではないかと思った。

「いえ、四十がらみですよ」

「そうか」

四十がらみなら、六、七年前のことも知っているだろう、と隼人はみた。

隼人たちは、酔わない程度に酒を飲み、そばで腹拵えをしてから店を出た。

初秋の陽射しが、竪川沿いの道に照り付けていた。それでも、竪川の川面を渡ってきた風には、秋を感じさせる涼気があった。

川沿いの道を東にむかってしばらく歩くと、前方に二ツ目橋が見えてきた。隼人たちは橋のたもと近くまで行ってから、通り沿いの八百屋に立ち寄り、善兵衛店がどこにあるか訊いた。

善兵衛店は、すぐに分かった。半町ほど行くと下駄屋があり、その店の脇にある路地木戸をくぐった先が善兵衛店だという。

隼人たちは、長屋につづく路地木戸の前まで行って足をとめた。

念のため、下駄屋のおやじに、善兵衛店に百造が住んでいるか訊くと、女房とふたりで暮らしている、とのことだった。

「百造は長屋にいるかな」

隼人は、百造がいなければ、夕方まで待って出直してもいいと思った。

「あっしが、みてきやすよ」

そう言い残し、利助が路地木戸をくぐった。

隼人たちが、路地木戸の脇で待つと、いっときして利助がもどってきた。

「旦那、百造はいるようですぜ」

すぐに、利助が言った。

「いるか」

「女房といっしょのようでさァ」

利助によると、長屋の住人に百造の家を訊き、その家の戸口まで行ってみたという。

すると、腰高障子の向こうから、男と女が話しているのが聞こえた。

「女が、おまえさん、と口にしやした。男は百造にちがいねえ」

利助が言い添えた。

「おれと利助とで、話を聞いてくるか」

隼人は、五人もで行くことはない、と思った。

「また、あっしらは、この近所で聞き込んでみやす」

繁吉が言った。

「そうしてくれ。……もし、竜蔵を知っている者がいたら、家族や配下の鳶のことも訊いてみてくれ」

「承知しやした」

繁吉は、浅次郎と綾次を連れてその場を離れた。

4

利助は腰高障子の前に足をとめると、

「この家でさァ」

と、声をひそめて言った。

腰高障子のむこうから、くぐもった話し声が聞こえてきた。男と女の声である。ふたりの声には、年配らしいひびきがあった。百造と女房らしい。

「入ってみよう」

隼人は腰高障子をあけて土間に入った。

家のなかは薄暗かった。狭い土間につづいて、六畳ほどの座敷があった。なかほどに男と女が座っていた。女の膝先に急須が置いてあった。男は湯飲みを手にしている。女房が、百造に茶を淹《い》れたところらしい。

ふたりは、入ってきた隼人と利助を見て、凍りついたように身を硬くした。顔がこわばっている。

「百造か」

隼人が穏やかな声で訊いた。

「へ、へい……」

百造が声を震わせて答えた。

「いきなり入ってきて、驚かしてしまったようだな。……なに、たいしたことではないのだ。近所の者に、おまえが長年鳶をしていると聞いてな。訊きたいことがあって、来てみたのだ」

隼人が笑みを浮かべて言った。

「あっしは、鳶をやってやすが」

百造の顔が、いくぶんやわらいだ。

「ここに、腰を下ろさせてもらっていいかな」

「ど、どうぞ。お掛けになってくだせえ」

そう言うと、百造は隼人の方に膝をむけて座りなおした。すると、脇にいた女房も隼人の方に膝をむけた。女房は三十代半ばであろうか。痩せて、ほっそりした体付きをしていた。

隼人は大刀を鞘《さや》ごと抜くと、上がり框《がまち》に腰を下ろし、

「おれは、お上の者だが……。仙台堀で、鳶だった者が死骸《ほとけ》で揚がったのだ」

と、利根吉のことを口にした。

利助も隼人の脇に腰を下ろしたが、この場は隼人にまかせるつもりらしく、黙っていた。

「利根吉ですかい」

百造が言った。どうやら、百造は利根吉が死体で揚がったことを知っているようだ。もっとも、仙台堀と竪川はそう遠くないので、噂《うわさ》が百造の耳に入っても不思議はない。

「利根吉を、知っているのか」

隼人が訊いた。

「名を聞いたことがあるだけでさァ」

「藤次はどうだ」

「藤次も、名は聞いたことがありやすが、話したことはねえし、利根吉も藤次もずいぶん前に鳶をやめちまったから、顔も覚えてねえんで」

百造は首をかしげながら言った。

「ところで、百造、鳶の頭だった竜蔵という男を知っているか」

隼人が声をあらためて訊いた。

「し、知っていやす」

また、百造の顔がこわばり、声が震えた。

「五年ほど前に、死んだことは」

隼人は、竜蔵が鬼面党の頭目だったことも、山崎屋で焼け死んだことも口にしなかった、話さなくても、百造は知っているようだった。

「それも、噂に聞きやした」

百造が小声で言った。

「ずいぶん古い話で、七年ほど前のことなのだが、竜蔵がこの辺りを藤次と歩いているのを見かけた者がいるのだ」

「そうですかい」

「そのころ、竜蔵はこの辺りに住んでいたのか」

「緑町と聞いたような気がしやすが、ずいぶん前のことなので、はっきりしやせん」

百造が、首をひねりながら言った。

竜蔵が住んでいたのは、相生町ではなく緑町かもしれない。本所緑町は相生町より東に位置し、竪川沿いにひろがっている。いずれにしろ、隣町である。

「竜蔵は鳶の頭をやめたようだな」

「そう聞きやした」

「なぜ、やめたのだ」

竜蔵は鳶の頭をやめた後、鬼面党の頭目として商家に押し入ったのである。やめたきっかけに、盗賊になる原因があったかもしれない。

「くわしいことは知りやせんが、竜蔵親方は気風《きっぷ》がいい上に遊び好きで、料理屋や吉原などに出かけて金を使いすぎて、首がまわらなくなったと聞きやした」

「そうか」

隼人は、それだけで竜蔵が鳶の頭をやめたとは思わなかったが、あえてそれ以上は訊かず、

「竜蔵には、家族がいたはずだな」

と、訊いた。家族がどうなったのか、気になっていたのである。

隼人は猪之吉から、竜蔵には娘がいて可愛がっていたと聞いていた。その娘のこともあって、竜蔵は商家に押し入ったとき、子分たちに、女子供も殺すようなけちな真《ま》似《ね》はするな、と子分たちに言っていたそうだ。

「竜蔵親方には、女房と子供がいやした」

百造が言った。

「子供は娘か」

「へい、たしか、竜蔵親方が鳶をやめたころ、娘さんは十二、三だったと耳にしたような気がしやす」

「すると、いまは十八、九か」

「……」

「それで、女房と娘はどうなったのだ」

「あっしは聞いてねえが、竜蔵親方が鳶をやめて緑町の家を出るとき、いっしょに家を出たんじゃァねえかな」

はっきりしないらしく、百造は首をひねりながら言った。

「ところで、藤次と利根吉は、竜蔵の配下の鳶だったのではないか」

隼人が声をあらためて訊いた。

「そう聞いていやす」

百造が小声で言った。

「やはりそうか」

隼人の双眸《そうぼう》が鋭くひかった。このとき、隼人は、竜蔵、藤次、利根吉の三人のかかわりがはっきりと見えた。

藤次と利根吉は、竜蔵の配下だった。三人とも遊び人だったので、賭場や岡場所などに、いっしょに行くこともあっただろう。それにくわえて、藤次と利根吉は鳶の親方と鳶というつながりがあったので、鬼面党の親分子分という関係ができたにちがいない。

ところが、竜蔵たちが山崎屋に押し入るときに、藤次と利根吉が竜蔵を裏切り、稲七に密告した。そのため、山崎屋に押し入った竜蔵たち五人は、店に火を放って焼死することになった。竜蔵が頭だった鬼面党は、竜蔵以下七人だった。そのうち五人が死に、藤次と利根吉だけが生き残った。ところが、いまになって利根吉と岡っ引きの稲七が殺され、ただひとり藤次だけが生き残っている。

……藤次も、鬼面党に命を狙われている！

隼人は確信した。

藤次は鬼面党から逃げまわっているにちがいない。

その後、隼人は念のために藤次の居所を訊いたが、百造は知らなかった。

隼人は、畏《かしこ》まって座っている女房にも目をやり、

「手間をとらせたな」

と言い置いて、外へ出た。

隼人と利助は路地木戸に出て通りに目をやったが、繁吉たちの姿はなかった。

仕方なく、その場に立って待つと、いっときして繁吉たちがもどってきた。繁吉たちは隼人の姿を目にすると、走りだした。

「だ、旦那、申しわけねえ。遅れちまった」

繁吉が荒い息を吐きながら言った。

「なに、おれたちが早過ぎたんだ」

隼人が言った。ここにもどる刻限を決めてなかったので、繁吉たちが遅れたわけではない。

「何か知れたか」

隼人が繁吉に訊いた。

「竜蔵を知っている船頭から話を聞いたんですが、分かったのは、竜蔵が賭場にも出入りしていたってことだけで」

「やはり、博奕《ばくち》にも手を出していたか」

「竜蔵は親分肌だったようですぜ」

繁吉が言い添えた。

「竜蔵は家族といっしょに緑町に住んでいたらしいが、聞き込むのは、明日だな」

隼人が西の空に目をやって言った。

陽は西の家並の向こうに沈んでいた。まだ、辺りには昼間の明るさが残っていたが、小半刻（三十分）もすれば、暮れ六ツの鐘が鳴るだろう。

5

猪牙舟《ちょきぶね》が竪川にかかる二ツ目橋をくぐると、

「この先の船寄に舟をとめやす」

と、繁吉が隼人たちに声をかけた。

前方右手に船寄があった。一艘《そう》だけ猪牙舟が舫《もや》ってあった。繁吉は巧みに棹を使って、水押《みよ》しを船寄に近付けていく。

舟には繁吉と隼人の他に、利助、綾次、浅次郎の三人が乗っていた。隼人たちは、緑町に住んでいたという竜蔵とその家族のことを探るつもりで来ていたのである。

五ツ半（午前九時）ごろだった。曇天で、陽射しがないせいもあるのか、川面を渡ってきた風には、秋を感じさせる冷たさがあった。

「舟を、着けやすぜ」

繁吉が声をかけ、船縁を船寄に近付けた。

舟が着くと、隼人たちは舟から船寄に飛び下り、竪川沿いの通りに出た。

「この辺りから、緑町ですぜ」

繁吉が、通り沿いにつづく町並に目をやりながら言った。

「だれかに訊くしかないが、知っている者は限られているだろうな」
七、八年も前のことである。通りすがりの者や道沿いの店に入って、訊くわけにもいかなかった。
「普請場があれば、鳶もいやすが……」

そう言って、繁吉は通りに目をやったが、普請場らしき所は見当たらなかった。

「大工か左官に、訊いてみるか」

普請にかかわる大工、左官、屋根葺《ふ》きなどに訊くのが早いだろう。

そんなやり取りをして歩いていると、前方に道具箱を担いだふたりの大工らしい男が目にとまった。こちらに歩いてくる。

「あのふたりに、訊いてみやすか」

繁吉が言った。

ふたりの男が近付くと、繁吉が年配の男に、

「この辺りに、普請場があるのかい」

と、声をかけた。

「あるよ。そこの米屋の脇を入った先だ」

男は繁吉たちの後方を指差して言った。

隼人たちは、振り返って見た。舂米屋《つきごめや》の脇に路地があった。その先に、普請場があるらしい。

「鳶は来てるかい」

「鳶はいねえ。足場造りも棟上《むねあ》げも、終わってるんでな。いるのは、おれたち大工と屋根葺き、それに畳屋ぐれえよ」

もうひとりの若い男が言った。

そばでやり取りを聞いていた隼人が、大工のひとりが年配なのを見て、

「ちと、聞きたいことがあるのだがな」

と、年配の男に声をかけた。

「あっしですかい」

年配の男の顔に、畏れの色が浮いた。いきなり、武士に声をかけられたからだろう。

「そうだ。……もう、七、八年も前になるが、この辺りに、竜蔵という鳶の親方が住んでいたのだが、知っているかな」

隼人は、竜蔵の名を出して訊いた。

「名は聞いたことがありやす」

年配の男が、顔をこわばらせて言った。竜蔵が、世間を騒がせた鬼面党の頭目だったのを知っているのかもしれない。

「竜蔵には女房と娘がいたのだが、どうなったかな」

「女房や娘のことは、知りやせん」

「そうか。……ところで、竜蔵の家を知っているか」

「昔、家があった場所は知ってやすが、いまはありませんぜ」

年配の男によると、竜蔵の家は何年か前に取り壊され、いまは空き地になっている

という。

「その家は、どこにあったのだ」

隼人は、家のあった近くで聞き込めば、竜蔵の家族のことも知れるのではないかと思った。

「この先を二町ほど行くと、一膳めし屋がありやす。その脇に、竜蔵親方の家がありやした。いまは、空き地になっていやす」

年配の男は振り返って、後方を指差した。

「手間を取らせたな」

隼人はふたりの大工に声をかけ、利助たちとともにその場を離れた。

年配の男に教えられたとおり、二町ほど行くと、通り沿いに一膳めし屋があった。まだ、昼前のせいもあるのか、店はあいていたが、客の姿はなかった。その店の脇が、ひろい空き地になっていた。雑草が生い茂っている。

「様子を訊いてみるか」

隼人は周囲に目をやった。

一膳めし屋の戸口に、長床几《ながしょうぎ》を出している年配の男が見えた。一膳めし屋の親爺らしい。客に腰を下ろさせる長床几を用意しているようだ。

「あの男に、訊いてみるか」

隼人は一膳めし屋に足をむけた。利助たち四人が、後につづいた。

「店の者か」

隼人が声をかけた。

「へい、何か御用で？」

親爺は警戒するような目で隼人を見た。

「つかぬことを訊くが、そこに空き地があるな。……家が建っていたはずだが」

隼人が空き地を指差して言った。

「家は二年ほど前《めえ》に壊され、そのままになっていやす」

「二年ほど前まで、だれか住んでいたのか」

竜蔵が山崎屋に押し入って焼死したのは、五年ほど前だった。その後も、家族が住んでいたのだろうか。

「いえ、五年ほど前から空き家でした。どういうわけか知らねえが、二年ほど前に鳶や大工の手で壊されたんでさァ」

「二年ほど前にな」

家を出ていた竜蔵の女房と娘が、鳶に家を壊すよう頼んだのかもしれない。

隼人が口をつぐんだとき、親爺が、

「何かお調べですかい」

と、首をすくめながら訊いた。隼人の問いが、何か探っているように思えたのだろう。

「お上のお調べだ」

利助が脇から言った。

「こりゃァどうも……」

親爺は、あらためて隼人に頭を下げた。

「そこにあった家には、鳶の親方が住んでいたはずだがな」

隼人は、声をあらためて訊いた。

「竜蔵親方で」

親爺が急に声をひそめて言った。

「竜蔵は死んだのか」

隼人は、竜蔵の死を知っていたが、そう訊いてみた。

「へ、へい、五年ほど前に……」

親爺が困惑したように顔をしかめた。親爺も、竜蔵が鬼面党だったことを知っているようだ。もっとも、竜蔵の死後、噂を耳にしただけだろう。

「竜蔵の家族はどうした」

「ふたりいやしたが、竜蔵親方が亡くなった後、家を出たようです」

「どこへ、行ったのだ」

「分からねえ。夜逃げらしく、朝になったらいなくなってたんでさァ」

「そうか。ところで、残された家族は、ふたりだったな」

「へい。ご新造《しんぞ》さんと娘さんで」

「ふたりの名を知っているか」

「ご新造さんが、おくらさんで、娘さんがおせんさんで……」

「家を出た後、ふたりを見かけたことはないか」

「ありやせん」

親爺は、はっきりと答えた。

「ところで、藤次と利根吉という男を知っているか」

隼人は、矛先を変えた。

「ふたりは、竜蔵親方のところに出入りしていた鳶ですが、あっしは話したこともねえんで」

「藤次だが、いまどこにいる？」

「知りませんねえ。ちかごろ、顔を見たこともねえ」

親爺は、首を横に振った。

「そうか」

隼人が口をとじたとき、脇で聞いていた繁吉が、

「おれたちの他に、藤次や利根吉のことを訊きにきた者はいねえかい」

と、小声で訊いた。

「いやす。半月ほど前、鳶のような恰好をしたふたりに、藤次の居所を訊かれやした」

「そいつの名を、知っているか」

「知りません。初めて見た男で……」

「そうかい」

繁吉は隼人にちいさく頭を下げて身を引いた。

「手間をとらせたな」

隼人たちは、一膳めし屋の店先から離れた。

それから、隼人たちはさらに近所で竜蔵や家族のことを聞き込んだが、新たなこと

は分からなかった。

6

隼人たちは二ツ目橋のたもとにもどり、団子屋に立ち寄って、腹拵えをした。手頃なそば屋が見つからなかったのである。

その後、隼人たちはふたたび緑町にもどり、町筋を歩いて普請場を見付け、鳶だけなく、大工や左官などからも話を聞いたが、これといったことは分からなかった。

「どうしやす」

利助が隼人に訊いた。

「せっかく、来たのだ。このまま帰るのは、惜しいな」

隼人は頭上に目をやって言った。

いつの間にか、空は雲で覆われていた。ただ、雲の切れ間に陽の色があったので、陽の位置は知れた。八ツ半（午後三時）ごろであろうか。

「竜蔵ではなく、女房のおくらと娘のおせんのことを、もうすこし聞き込んでみるか。……家があった近くで、同じ年頃の娘や母親から訊けば、居所を知っている者がいるかもしれん」

隼人は、ふたりのことが気になっていた。どこかで、生きているはずである。

「へい」

利助が応《こた》えると、繁吉たちもうなずいた。

隼人たちは、竜蔵の家のあった空き地のそばに引き返した。今度は分かれて聞き込むことにし、暮れ六ツ（午後六時）の鐘が鳴る前にこの場にもどることにした。

隼人たちが空き地の脇で話しているとき、竪川沿いに植えられた桜の樹陰から隼人たちに目をやっている者たちがいた。

三人だった。巨軀の武士と旅装の女。ふたりは、亀久橋の樹陰から隼人たちに目をやっていた男女である。もうひとりは、町人体《てい》だった。腰切半纏《こしきりばんてん》に黒股引《くろももひき》、手ぬぐいで頰っかむりしていた。

「あいつら、やっぱりあたしらのことを探っているようだよ」

女が小声で言った。

「そのようだな」

と、巨軀の武士。

「始末するかい」

「やるなら、今日だな」

「相手は、五人だよ」

「なに、武士はひとりだ。おれが斬る。……後の四人はどうにでもなるが、念のため、鳥飼《とりがい》の手も借りよう」

「鳥飼の旦那は、動くかね」

「そのために、金を渡してあるのだ。……泉七。鳥飼に声をかけて、連れてきてくれ」

「へい」

泉七が小声で答えた。

「それから、勝造《かつぞう》たちもだ」

「承知しやした」

泉七は踵《きびす》を返すと、竪川沿いの道を足早に西にむかった。

隼人たちは、空き地近くの竪川沿いの道を歩き、近所の商家や職人の家などに立ち寄り、年頃の娘や女房などからおせんとおくらのことを訊いた。ふたりのことを知っている者はいたが、ふたりが家を出た後のことを知る者はいなかった。

隼人が、これ以上聞きまわっても無駄か、と思い始めたとき、たまたま立ち寄った下駄屋の娘が、

「一月ほど前、おせんさんを見かけましたよ」

と、口にした。

「どこで、見た」

すぐに、隼人が訊いた。

「佐賀町の大川端です。お侍さまとふたりで、歩いてました」

「侍といっしょだと？」

隼人が聞き返した。

「は、はい」

「笠をかぶっていたので、顔は見えませんでした。大柄で、袴姿でした」

「おせんは、どんな恰好をしていた」

「旅姿で、菅笠を持っていました」

「旅装束か。……ふたりが、どんな話をしてたか分かるか」

「分かりません。すれ違ったときに、おせんちゃんと気付いただけなので」

娘が困ったように眉を寄せた。

隼人が娘から聞いたのはそれだけだが、おせんが江戸にいることははっきりした。しかも、武士といっしょだったという。

隼人が空き地にもどると、利助たちが待っていた。曇天のせいもあって、辺りは夕暮れ時のように薄暗かった。

「帰りながら話を聞くか」

隼人は、舟をとめてある船寄の方に足をむけた。利助たち四人は、隼人の後についてきた。

隼人は下駄屋の娘から聞いたことを話した後、

「どうだ、何か知れたか」

と、利助たちに訊いた。

「それが、おせんのこともおくらのことも、何も聞き出せなかったんで……」

利助が小声で言うと、綾次と浅次郎が、「あっしも」と同時に言って、首をすくめた。

「繁吉はどうだ」

「あっしも、てえしたことは、聞き出せなかったんですがね。……母親のおくらのことで、気になることを耳にしやした」

「気になるとは」

「おくらは、竜蔵が鳶の頭をやってるころから持病を患っていて、緑町の家を出ても遠方まで行くのは無理だろう、と口にする者がいやした」

「すると、おくらは、緑町の家を出た後も近くに住んでいたのかな。それらしい話は、出てこないが……」

隼人は首をかしげた。

隼人たち五人は、そんな話をしながら竪川沿いの道を西にむかった。舟を繋いである船寄まで、もどるつもりだった。

曇天のせいか、辺りは薄暗くなっていた。通りの人影はすくなく、ときおり仕事帰りの出職の職人や風呂敷包みを背負った行商人などが、足早に通り過ぎていく。

そのとき、暮れ六ツ(午後六時)の鐘が鳴った。その鐘が鳴り終えると、あちこちから表戸をしめる音が聞こえてきた。

7

隼人たちが、舟を繋いである船寄の近くまできたとき、

「旦那、あの桜の陰にだれかいやす」

利助が前方を指差して言った。

竪川の岸際に、桜の大樹があった。その太い幹の陰に人影があった。ふたりいるらしい。

……ひとりは武士だな。

隼人は、ひとりが袴姿で刀を帯びているのを見てとった。もうひとりは、町人らしい。腰切半纏に股引姿だった。

「辻斬《つじぎ》りかもしれねえ」

綾次がうわずった声で言った。

「辻斬りじゃァねえ。こんなところに、辻斬りが出るはずはねえ」

利助が声高《こわだか》に言った。

「そ、そこの店の陰にも、だれか、いる！」

浅次郎が、通り沿いの店を指差した。表戸をしめた店の脇に、人影があった。はっきりしないが、ひとりではないらしい。

「後ろからも、来やがった！」

繁吉が声を上げた。

隼人は振り返った。ふたり――。ひとりは武士だった。巨軀で、網代笠をかぶっている。もうひとりは町人だった。腰切半纏に黒股引。手ぬぐいで、頰っかむりしていた。ふたりは足早に近付いている。

「待ち伏せだ！」

隼人は、この場で何者かが待ち伏せしていたのを察知した。

「来た！」

利助が叫んだ。

桜の樹陰からふたりの男が通りに出てきた。ひとりは、牢人体《ろうにんてい》の武士だった。総髪で、黒鞘《くろざや》の大刀を一本、落とし差しにしている。もうひとりは、町人だった。腰切半纏に股引を穿《は》いていた。ふたりとも手ぬぐいで頰っかむりし、顔を隠していた。

そのとき、店の陰からも人影が出てきた。ふたりいる。こちらは、ふたりとも町人だった。ひとりは腰切半纏に股引姿。もうひとりは遊び人ふうだった。小袖を裾高に尻っ端折りし、両脛《りょうすね》をあらわにしていた。こちらのふたりも、手ぬぐいで頰っかむりしている。

……六人か！

隼人は胸の内で叫んだ。

桜の幹の陰にふたり、後ろからふたり、それに店の陰からふたり――。三方から迫ってくる。

隼人たちの人数を知った上で、それに勝てるだけの人数をそろえたらしい。しかも、六人のなかに武士がふたりいる。

逃げねば、殺《や》られる！　と隼人は思い、周囲に目を走らせた。逃げるなら、前方にたちふさがった牢人と町人を突破し、船寄に駆け下りて舟で逃げるしかない。

「船寄まで、逃げるぞ！」

隼人は、おれについてこい！　叫びざま抜刀し、前方から来る牢人と町人にむかっていきなり走り出した。

「旦那に、つづけ！」

利助が叫んだ。

四人は懐から十手を取り出し、隼人につづいて疾走した。

前方から迫ってきた牢人と町人は、一瞬、身を硬くしてその場につっ立ったが、

「逃がすか！」

叫びざま、牢人が抜刀した。頰っかむりした手ぬぐいの間から、細い目が見えた。頰に刀傷がある。

町人も、懐から匕首《あいくち》を抜いて身構えた。ふたりとも、うろたえた様子はまったくな

かった。喧嘩や斬り合いの修羅場を、何度もくぐったことがあるようだ。

後方と店の脇から、走り寄る足音がし、「逃がすな!」「始末しろ!」という叫び声が聞こえた。後方と右手から、四人の男が迫ってくる。

「足をとめるな!」

隼人が叫んだ。六人に取り囲まれたら皆殺しになる。

隼人は走りながら、刀を八相《はっそう》に構えた。一気に、牢人に迫っていく。利助たち四人は、隼人の後につづいた。

牢人は青眼《せいがん》に構え、剣尖《けんせん》を隼人の目線につけた。その剣尖を、かすかに上下させている。腰の据わった隙のない構えで、全身から鋭い殺気を放っていた。

遣い手だ! と隼人は察知したが、足をとめず、
イヤアッ!

突如、裂帛《れっぱく》の気合を発した。隼人の全身に気魄《きはく》が漲《みなぎ》り、そのまま斬り込んでいく迫力があった。

牢人がわずかに身を引いた。隼人に捨て身の気魄を感じ、間合をとろうとしたのだ。

隼人は激しい寄り身のまま斬り込んだ。

八相から袈裟《けさ》へ——。たたきつけるような斬撃だった。

刹那《せつな》、牢人は刀身を振り上げて、隼人の斬撃を受けた。カキッ、という金属音がひびき、青火が散った。

牢人の腰がわずかにくずれた。隼人の強い斬撃に押されたのである。

隼人は二の太刀をふるわず、そのまま牢人の脇を走り抜けた。足をとめて牢人に二の太刀をふるうと遅れ、他の敵に追いつかれるとみたのである。

そのとき、牢人の脇にいた町人が、利助の背後から匕首で斬りつけたが、匕首は利助の右袖をかすめただけだった。利助の逃げ足が速かったのである。

隼人たちは走った。背後で「逃がすな、追え！」という叫び声が聞こえた。複数の足音が、背後から追ってくる。

隼人たちは、船寄につづく短い階段を一気に駆け下りた。

隼人は石段を下りたところで、

「繁吉、すぐに舟を出せ！　おれがやつらを、ここで食いとめる」

と、叫んだ。石段は狭かった。いっしょに下りられるのは、ひとりかふたりであろう。ここなら、敵を食いとめられる。

「旦那も、舟に！」

繁吉が叫んだ。

「舟を早く出せ！　おれは、飛び乗る」

隼人はこの場に残って敵を食いとめるが、繁吉の舟で逃げるつもりだった。いかに、隼人でも、ふたりの武士をくわえた六人もの敵と渡り合って勝てるはずがない。

「へい！」

繁吉は舟に飛び乗った。すぐに、利助たちがつづいた。

「さァ、こい！」

隼人は刀を八相に構えたまま、石段の下で敵を待ち構えた。

石段のところに駆け寄った牢人が、

「舟で逃げる気だ！」

と叫び、石段を下りようとした。だが、その足がとまった。石段の下で、待ち構えている隼人の姿を目にしたのだ。

「おのれ！」

牢人は石段を二段だけ下り、腰をかがめて隼人に斬りつけようとした。

だが、切っ先はとどかない。さらに、牢人が石段を下りようとしたとき、

「足を払うぞ！」

と、隼人が叫んだ。

すると、牢人の動きがとまった。石段を下りれば、隼人に足を払われると、察知したのだ。

そこへ、巨軀の武士や町人たちが、走り寄った。後続の男たちも、石段を下りられなかった。牢人の背後から、石段の下で刀を構えている隼人を目にし、状況を察知したらしい。

「旦那、舟に乗って！」

舟の艫に立った繁吉が叫んだ。

舟の舫い綱ははずされ、利助たちは舟に乗り込んでいる。

隼人は反転し、船寄を舟にむかって走った。

「逃がすな！」

すぐに牢人たちが、石段を駆け下りてきた。

「早く！　早く！」

利助たちが隼人を呼んだ。

隼人が舟に飛び乗ったとき、舟が大きく揺れ、体勢をくずした隼人は、舟から落ちそうになった。舟にいた利助たち三人が、慌てて隼人の小袖や袴をつかみ、落ちそうになった隼人の体を支えた。

　繋吉は隼人が舟に乗り込むとすぐに、棹の先で強く船寄を押した。船縁が船寄から一間ほど離れたとき、牢人たちが駆け寄ってきた。

　六人の男は、隼人たちの乗る舟を目の前にして、なす術《すべ》がなかった。六人の目の前で、舟は船寄から離れていく。

第四章　刀傷

1

「旦那、一杯《いっぺえ》やってくだせえ」

そう言って、八吉が銚子を隼人にむけた。

「すまんな」

隼人は猪口《ちょこ》を差し出した。

豆菊の小座敷だった。隼人と八吉の他に、利助と綾次の姿もあった。

隼人は猪口の酒を飲み干した後、

「相手は六人で、ふたり腕のたつ武士がいた。四人は町人だが、真っ当なやつらじゃァねえな」

隼人が伝法な物言いをした。

事件の探索や下手人の捕縛《ほばく》にあたる八丁堀の同心は、ならず者や凶状持ちなどと接する機会が多く、どうしても言葉遣いが乱暴になるのだ。隼人も、利助や八吉などと話すとき、そうした言葉遣いになることがある。

隼人たちが、本所緑町で、六人の男に襲われて三日経《た》っていた。この日、隼人はいつものように軽格の御家人ふうに身装《みなり》を変えて、豆菊に来ていた。今後の探索をどう進めるか、八吉の考えを聞こうと思ったのだ。

「そのなかに見覚えのあるやつは、いやしたか」

八吉が訊《き》いた。

「それが、はっきりしないのだ。顔がはっきり見えなかったのでな」

隼人は、殊勝な顔をして座っている利助と綾次に、

「ふたりは、どうだ。見覚えのある男がいたか」

と、訊いた。

「あっしも、顔を見なかったので、よく分からねえ」

利助が言うと、綾次もうなずいた。

「ただ、総髪の牢人《ろうにん》の頰に刀傷があったな」

隼人は、牢人の頰のあった刀傷を見ていた。手ぬぐいで頰っかむりしていたが、頰の傷だけは見えたのである。

「総髪の牢人で、頬に刀傷ですかい」

八吉が、念を押すように訊いた。

「そうだ」

「他に何か、そいつらを割り出す手掛かりになるものが、ありやしたか」

「これといったことはないが、四人の町人のなかに何人か鳶《とび》がいたとみた。腰切半纏《こしきりばんてん》に股引姿《ももひき》で、すばしっこいのが何人かいたからな」

「鳶ですかい」

「それに、あの六人は、近松屋に押し入った鬼面党ではないかとみている」

六人とも鬼面党かどうかは分からないが、一味の者が何人かいたはずである。

「あいつら、鬼面党だったのか！」

利助が驚いたような顔をして言った。

「そうでなければ、おれたちを狙う理由があるまい。……おそらく、おれたちが竜蔵の身辺を洗い出したのを知って、放っておけなくなったのだ」

「それで、あっしらを始末しようとしたのか」

利助がちいさくうなずいた。

「近松屋を襲った鬼面党のなかには、竜蔵が鳶の頭《かしら》をしてたころの配下だった者がいるのではないかな。竜蔵の身辺を探られると、自分たちのことが分かってしまう。そこで、おれたちを始末しようとした」

「あっしも、そんな気がしやす」

八吉が低い声で言った。

「それでな、おれは相生町と緑町を中心に、竜蔵の配下の鳶、大柄な武士、頰に刀傷のある牢人に、狙いを定めて探ってみたらどうかと思ったのだ」

そう言って、隼人は八吉に目をやった。

「いい狙いだが、心配がありやす」

八吉が小声で言った。

「何が心配なのだ」

「旦那たちが、相生町や緑町を歩きまわったら、また襲われやす」

八吉の顔がけわしくなった。

「下手に嗅ぎまわると、まちがいなく襲われるな。かといって、行かないことにはどうにもならない。それこそ、やつらの思う壺《つぼ》だ。……八吉、何かいい手はないか」

隼人が訊いた。

「歩きまわらずに、探るしかねえなァ」

八吉がつぶやくように言った。

「どうするのだ？」

「とりあえず、土地のことに詳しい者に、訊いてみたらどうです」

「八吉、心当たりはあるか」

隼人が身を乗り出すようにして訊いた。

「心当たりがあるにはあるが、いまもいるかどうか……」

八吉は虚空《こくう》に目をとめていたが、

「ともかく、あっしがあたってみやすよ」

そう言って、銚子に手を伸ばした
「八吉、おれもいっしょに行こう」

隼人は猪口を手にした。

「いや、あっしひとりの方がいいんでさァ。こんな爺いが、事件を探ってるなんて思うやつはいねえからね」

八吉が、隼人の猪口に酒をつぎながら言った。

八吉の顔が、赤みを帯びていた。酒のせいではないらしい。八吉は久し振りで大きな事件の探索にくわわるので、気が高揚しているようだ。

その日、隼人は本所には足をむけず、そのまま八丁堀に帰った。八吉が利助を連れて八丁堀に顔を出したのは、三日後だった。

隼人は出仕するために庄助を連れて組屋敷を出ると、路傍で八吉と利助が待っていたのだ。

「なんだ、こんなところに立ってないで、家に入ればいいのに」

隼人が言った。

「あっしのような爺いが、朝から旦那の家に顔を出すのは畏《おそ》れ多くて……」

八吉が苦笑いを浮かべた。

「何を言ってるんだい。長年の付き合いじゃァねえか。遠慮することたァねえよ」

隼人はくだけた物言いをした。

「旦那、頰に傷のあるってぇ牢人が知れやしたぜ」

八吉が顔の笑いを消して言った。

「知れたか！」

思わず、隼人の声が大きくなった。

「へい、相生町に甚助《じんすけ》ってえやつがいやしてね。そいつに、訊いたんでさァ」

八吉によると、甚助は相生町界隈《かいわい》で幅を利かせていた地まわりだが、歳《とし》をとったのでいまは縄暖簾《なわのれん》を出した飲み屋をやっているという。

「それで」

隼人が、話の先をうながした。

「牢人の名は、鳥飼弥九郎《とりがいやくろう》。深川にある賭場の用心棒をしていた男のようでさァ」

甚助は、賭場のある場所は話さなかったという。

「鳥飼の住家《すみか》は、分かるのか」

「元町で、情婦《いろ》に、『すずや』ってえ小料理屋をやらせているそうでさァ」

「さすが、八吉だ。それだけ分かれば、鳥飼は捕らえられる」

「お縄にしやすかい」

「すこし、すずやを見張ってからにするか」

隼人は、鳥飼を捕縛すれば、他の仲間たちは町方の手が伸びるの恐れて、すぐに居所を変えるのではないかと思った。下手をすると、鬼面党の者たちは江戸から逃走するかもしれない。

「張り込みは、あっしらがやりやすぜ」

利助が言った。

2

利助と綾次は、店仕舞いした小間物屋の脇に身を隠していた。そこは、本所元町の横丁だった。ふたりは、斜向《はすむ》かいにある小料理屋のすずやを見張っていたのだ。

横丁は淡い夜陰につつまれていた。

「鳥飼らしいのは来ねえなァ」

綾次が生欠伸《なまあくび》を噛《か》み殺しながら言った。

利助たちがこの場に身を隠して、すずやを見張るようになって三日目だった。連日、陽が沈んでから一刻半（三時間）ほど見張っているが、まだ鳥飼らしい牢人は、姿を見せなかった。今日もこの場に来て、半刻（一時間）ほどになる。

横丁は夜陰につつまれていたが、ぽつぽつと人影があった。飲み屋、小料理屋、そば屋など飲み食いできる店の灯《ひ》が、路地に落ちている。

本所元町は両国橋の東の橋詰にあり、江戸でも有数の盛り場である両国広小路から近かった。そこから、客が流れてくるのだ。

「まだ三日目だぜ。張り込みは、辛抱が大事《でえじ》よ」

利助が、もっともらしい顔をして言った。

「親分、鳥飼はすずやに来やすかねえ」

そう言って、綾次は両手を上げて伸びをしようとした。その手が途中でとまり、顔を前に突き出すようにした。

「やつかもしれねえ！」

綾次がうわずった声で言った。

路地の先に、牢人体《てい》の男の姿が見えた。ふたりだった。遊び人ふうの男といっしょである。まだ、顔ははっきりしないが、店屋の灯のなかに浮かび上がった牢人体の男は総髪で、刀を差しているのが見てとれた。

「そうらしいな」

利助も、鳥飼だと思った。鳥飼といっしょにいる遊び人ふうの男も、襲われたときにいたような気がしたが、はっきりしなかった。

牢人体の男と遊び人ふうの男は、すずやの前で足をとめた。牢人体の男が路地の左右に顔をむけて辺りの様子をうかがってから、格子戸をあけた。

「鳥飼にまちがいねえ」

利助が言った。

牢人が左右に顔をむけたとき、すずやの掛け行灯《あんどん》に顔が照らされ、頬に傷があるのが見えたのだ。

「もうひとりは、だれですかね」

「鳥飼の仲間だな」

「鬼面党かも知れやせんぜ」

綾次が目をひからせて言った。

「今夜は、長丁場になりそうだ」

利助は、鳥飼と遊び人ふうの男が店から出てきたら、跡を尾《つ》けて塒《ねぐら》をつきとめるつもりだった。

だが、鳥飼も遊び人ふうの男も、すずやからなかなか出て来なかった。すずやに入った客のほとんどは店を出ている。

「やつら、店に泊まる気かな」

綾次がうんざりした顔で言った。

「鳥飼は泊まるかもしれねえが、もうひとりは出てくるはずだ」

すずやの女将《おかみ》が鳥飼の情婦らしいので、鳥飼は泊まるかもしれない。だが、遊び人ふうの男が泊まるはずはない。

「そろそろ町木戸も、しまりやすぜ」

綾次が言った。

町木戸のしまる四ツ(午後十時)ごろだった。横丁の灯の多くが消え、人影もほとんど見られなくなっていた。横丁が暗くなったせいで、頭上の弦月が明るくなったように感じられた。

そのとき、すずやの格子戸があいて、掛け行灯の灯に人影が浮かび上がった。

「おい、出てくるぞ」

利助が身を乗り出すようにして言った。

店から出てきたのは、三人だった。鳥飼と遊び人ふうの男、それにすずやの女将だった。どうやら、女将はふたりを見送りに出てきたらしい。

「勝造、川に嵌《は》まるなよ」

鳥飼が言った。遊び人ふうの男の名は、勝造らしい。

「そんなに、酔っちゃァいませんや」

勝造は首をすくめるように鳥飼に頭を下げると、すずやの戸口から離れた。

鳥飼と女将は、すぐに踵《きびす》を返して店にもどった。鳥飼は店に泊まるつもりらしい。

「親分、どうしやす」

綾次が小声で訊いた。

「勝造を、つけるぞ」

そう言って、利助が小間物屋の脇から路地に出ると、綾次が慌てた様子で利助の後についてきた。

勝造は三十間ほど先を歩いていた。両国橋の方へむかっていく。

利助と綾次は、勝造の跡を尾け始めた。横丁は夜陰につつまれていたので、足音さえたてなければ、勝造に気付かれる恐れはない。

勝造は両国橋の東の橋詰に出ると左手におれ、竪川沿いの通りに出た。そのまま行けば、相生町から緑町へとつづいている。

「やつは、どこに行く気ですかね」

綾次が声を殺して言った。

「分からねえが、塒に帰《けえ》るんじゃァねえかな」

いまから、他人の家へ行くとは思えなかった。

「橋を渡りやすぜ」

綾次が言った。

勝造は、竪川にかかる一ツ目橋を渡り始めた。相生町方面に行くのではないらしい。

利助と綾次は、足を速めた。橋の向こうが深い闇につつまれていたので、見失う恐れがあったのだ。

勝造は橋を渡り終えると、左手に足をむけた。竪川沿いの道を東にむかうようだ。

勝造は竪川沿いの道をいっとき歩き、右手におれた。その辺りは本所松井町である。

ふいに、勝造の姿が見えなくなった。右手の路地に入ったらしい。

利助と綾次は走った。ここで、勝造を見失うわけにはいかなかった。ふたりが路地の角まで来ると、月明かりのなかに勝造の姿がぼんやりと浮かび上がったように見えた。

利助と綾次は、足音を忍ばせて勝造の跡を尾けた。

前を行く勝造の足がとまった。小体《こてい》な仕舞屋《しもたや》の前である。仕舞屋の障子が、ぼんやりと明らんでいる。だれか、起きているらしい。

勝造は仕舞屋の表戸をあけてなかに入った。

「親分、どうしやす」

綾次が声をひそめて訊いた。

「近付いてみよう」

利助と綾次は、足音を忍ばせて仕舞屋に近付いた。

戸口に身を寄せると、家のなかからくぐもったような話し声が聞こえた。男と女の声だった。話のこまかい内容までは聞き取れなかったが、ふたりのやり取りから女の名はおしげで、勝造の情婦《いろ》らしいことが分かった。

ふたりの声が聞こえなくなると、利助と綾次は戸口から離れた。今夜は、このまま豆菊に帰るつもりだった。

3

隼人は豆菊で利助たちから話を聞くと、

「よくやったな」

と言って、利助と綾次の労をねぎらった後、

「勝造は、おれたちを襲ったひとりとみていいな」

と、言い添えた。

「旦那、どうしやす」

利助が訊いた。

「勝造を捕ろう」

隼人は、勝造を泳がせておくことはないと思った。隼人たちは、もうひとり鳥飼という駒をつかんでいた。鬼面党一味が、勝造が捕縛されたことを知って何かしようとしても、鳥飼を見張っていれば、一味の動きは察知できる。

「利助、おまえたちに、やってもらいたいことがある」

隼人が声をあらためて言った。

「なんです」

利助と綾次が、隼人に目をむけた。

「勝造は、博奕《ばくち》の科《とが》で捕らえるつもりだ。鬼面党とは別の科で捕らえたことにすれば、一味の者たちも、すぐに自分たちに町方の手は及ばないとみるのではないかな。……それで、天野の手も借りるつもりなのだ」

「そいつはいいや」

利助が言った。

「それでな、繁吉にも手を借りて、ひきつづきすずやを見張ってもらいてえ。鳥飼はかならず動く。うまくすれば、鬼面党一味の隠れ家も知れるはずだ」

「承知しやした」

利助が言い、脇に座していた綾次がうなずいた。

「それで、いつ勝造を捕らえやす」

利助が訊いた。

「早い方がいい。明後日だな」

隼人は今日のうちも天野に話し、捕方を手配するつもりだった。

「旦那、勝造の塒は綾次に案内させやしょう」

利助が言った。

「頼む」

場所を聞いておけば、勝造の塒は分かるだろうが、綾次が案内してくれれば、確かである。

隼人は豆菊からもどると、さっそく天野の家にむかった。すでに、陽は西の空にまわっていたので、天野は組屋敷にもどっているだろう。

天野は家に帰っていた。隼人は戸口に顔を出した天野に、また、亀島河岸でも歩きながら話すか、と言って、ふたりして通りに出た。夕餉《ゆうげ》の支度をしているころなので、天野の父親の欽《きん》右《え》衛門《もん》や母親の貞江《さだえ》が気を使って、夕餉を馳《ち》走《そう》しようとする、と思ったのだ。それに、夕暮れ時の河岸を歩くのは、心地好いだろう。

隼人は夕焼けを映した越前堀の水面に目をやりながら、これまで探ったことを一通り天野に話し、

「勝造を捕らえたいのだが、手を貸してもらえないか」

と、言い添えた。

「むろん、長月さんに助勢させてもらいます。それにしても、さすが長月さんだ。そこまで、つかんでいるとは……」

天野は顔に驚嘆の色を浮かべた。

「鬼面党には、勝造を博奕の科で捕らえたように思わせたい。捕方には、博奕の科だと、それとなく言っておいてくれ」

「承知しました」

「それで、与力の出役なしに、明後日の夕方にも勝造の塒に捕方をむけたいのだが、集められるか」

奉行に上申して、与力の出役を仰ぐと大袈裟《おおげさ》になる。博奕の科とごまかすわけにはいかないし、鬼面党にも察知されるだろう。隼人は、明日のうちに自分たちで捕方を手配するつもりでいたのだ。

「捕方の人数は？」

天野が訊いた。

「大勢はいらない。二十人ほどいればいいだろう。天野は十人ほど集めてくれ。後は、おれが手配する」

「それなら、できます」

「では、明後日だな」

隼人は、明日一日、利助に指示して朝から勝造の塒を見張らせようと思った。

隼人と天野は、亀島町の河岸通りを歩きながら明日の手筈《てはず》を相談した。話が一段落したとき、

「それで、天野、藤次のことで何かつかめたか」

隼人が訊いた。天野は藤次の行方を追っていたのだ。

「藤次の居所をつかんだのですが、逃げた後でした」

天野によると、深川を縄張にしている岡っ引きのひとりが、藤次の塒は熊井町の長屋らしいとつきとめ、行ってみたが長屋を出た後だったという。

深川熊井町は永代橋の南に位置し、大川沿いにひろがっている。

「近所の者から訊いたんですが、藤次は外に出るのをひどく怖がっていて、長屋にこもっていることが多かったそうです。……稲七につづいて利根吉が殺され、次は自分の番だと思ったのかもしれません」

「そうだろうな」

当然、藤次は自分の命も狙われているとみるだろう。

「その後、藤次らしい男を、佐賀町の大川端の道で見かけたという者がいるので、藤次はいまも深川のどこかに身をひそめているとみています。御用聞きたちが、捜しているので、いずれ居所がつかめるはずです」

天野が言った。

「藤次を捕らえることになったら、おれにも知らせてくれ」

「そうします」

「家にもどるか」

亀島町の河岸通りは、淡い夕闇に染まっていた。越前堀の水面を渡ってきた風は、肌寒かった。

4

隼人は十人ほどの捕方を連れ、大川にかかる永代橋を渡った。捕方たちは、奉行所の小者《こもの》や中間《ちゅうげん》たちだった。庄助と綾次もくわわっていた。利助は、勝造の隠れ家を見張っている。綾次の話では、すずやの張り込みを繁吉と浅次郎に頼んであるという。

捕方たちは、隼人の指示で捕物の知れないようにふだん市中を歩く恰好《かっこう》をしていた。しかも、すこし間をとって歩いている。

天野たちの一隊は、隼人たちから一町ほど距離をおいて歩いていた。隼人たちと同じように、捕方とは知れないような恰好できている。

七ツ（午後四時）過ぎだった。陽は西の空にまわっている。隼人たちは、暮れ六ツ（午後六時）の鐘が鳴り、近所の店が表戸をしめてから勝造の塒に踏み込むつもりだった。

「勝造はいやすかね」

歩きながら、庄助が訊いた。

「いるはずだ。利助から知らせがないからな」

勝造が塒にいなければ、利助が知らせにくることになっていたのだ。それに、綾次も八丁堀に来る前に松井町に足を運んで、勝造が塒にいることを確かめていた。綾次は勝造が塒にいることを隼人に知らせるためもあって、八丁堀まで来たのだ。

隼人たちの一隊は、大川端沿いの道を川上にむかって歩き、御舟蔵の脇を通って、一ツ目橋のたもとに出た。

「こっちでさァ」

綾次が先にたって、右手の竪川沿いの道に足をむけた。

いっとき歩いて松井町に入ると、綾次は右手の路地に折れた。隼人たちは綾次についていく。

綾次は路傍に足をとめ、隼人たちが近付くのを待ってから、

「旦那、あそこに八百屋がありやすね。あの店の斜向かいにあるのが、勝造の塒でさァ」

そう言って、前方を指差した。

八百屋の斜向かいに、小体な仕舞屋があった。家の脇は雑草の生い茂った空き地になっている。

「利助は」

隼人が訊いた。利助の姿がみえなかったのだ。

「空き地の隅の笹藪《ささやぶ》の陰に、いるはずでさァ」

綾次は、あっしが親分を呼んできやしょう、と言い残し、足早に空き地にむかった。

待つまでもなく、綾次が利助を連れてもどってきた。

「利助、勝造はいるか」

すぐに、隼人が訊いた。そのことが気になっていたのである。

「いやす」

利助によると、半刻(一時間)ほど前、仕舞屋に近付いて聞き耳を立てると、家の

なかから勝造とおしげの話し声が聞こえたという。

隼人が利助から話を聞いているとき、天野とそれにつづく捕方たちが、そばに集まってきた。

「天野、勝造はいるそうだ」

隼人は、おしげという女もいっしょにいることを話し、

「おしげも、捕らえよう」

と、捕方たちにも聞こえる声で言った。おしげも、勝造の仲間のことを知っているはずである。

「そろそろだな」

隼人が西の空に目をやって言った。

陽は西の家並の向こうに沈んでいた。まだ、上空には日中の明るさが残っていたが、家の陰には淡い夕闇が忍び寄っていた。路地の人影はすくなく、ときおり近所の住人らしい者が通りかかるだけだった。それでも、捕物が始まれば、気付く者がいるだろう。

「天野、手筈どおりだ」

「はい」

天野が顔をけわしくしてうなずいた。

まず、隼人たち一隊が動いた。足音をたてないように、仕舞屋に近付いていく。天野の一隊が後につづく。

隼人たちが戸口の前に近付くと、後続の天野隊の五人が、空き地の叢《くさむら》のなかを裏手にむかった。念のために、裏手をかためるのである。裏手につづく道はなかったが、背戸があると利助から聞いていたのだ。

天野と数人の捕方が、隼人の背後に立った。天野たちは、隼人たちが家に踏み込んだ後、戸口をかためるのだ。勝造が捕方を突破し、家から飛び出してくるようなことがあったら、その場で取り押さえるのである。

隼人は腰に帯びてきた兼定《かねさだ》を抜くと、刀身を峰に返してから、

「踏み込むぞ」

と声を殺して言い、表戸をあけた。勝造が刃物を持って捕方に抵抗するようなら、峰打ちで仕留めるつもりだった。

家のなかは薄暗かった。まだ、灯の色はない。土間につづいて狭い板間があり、その先が座敷になっていた。

座敷に、男と女の姿があった。男の前に箱膳があり、銚子が立っていた。勝造がお

しげの酌で酒を飲んでいたらしい。

隼人は勝造の顔と姿を見て、

……おれたちを襲ったひとりだ！

と、思った。襲われたときは、手ぬぐいで頬っかむりしていたので、顔はよく分からなかったが、勝造の体付きや顔の感じに覚えがあったのだ。

「と、捕方か！」

勝造が顔をひき攣《つ》らせ、慌てて立ち上がった。

おしげは、恐怖に目を剝《む》き、凍りついたように身を硬くしている。

「勝造、博奕の科で捕らえる。神妙に、縛につけい！」

隼人が大声を上げた。近所の者や、路傍で捕物を見ている者に、博奕の科と思わせるためである。

土間に踏み込んだ捕方たちが、御用！　御用！　と声を上げ、十手を手にして座敷に踏み込んだ。

すると、勝造は、「ちくしょう！　捕《つか》まってたまるか」と叫び、座敷の奥の神棚に手を伸ばして、匕首《あいくち》をつかんだ。

勝造は匕首を抜くと、

「皆殺しにしてやる！」

と怒鳴り、胸のところに匕首をかまえた。目をつり上げ、歯を剝き出している。すこし腰を屈《かが》めて、匕首をかまえた勝造の姿は、追い詰められて牙を剝いた野犬のような感じがした。

おしげはその場に尻餅をついた恰好になり、恐怖に激しく身を震わせていた。腰が抜けて、逃げられないのかもしれない。

捕方たちは、勝造を取り巻いたまま近付けないでいた。腰が引けている。匕首を手にした勝造の必死の形相に圧倒されているようだ。

「おれが、やる」

隼人は兼定を脇構えにとって、勝造の前に立った。

「殺してやる！」

勝造が叫びざま、いきなり踏み込んできた。

そして、匕首を胸の前に突き出すように構え、体ごとつっ込んできた。捨て身の攻撃といっていい。

刹那《せつな》、隼人は左手に踏み込み、脇構えから刀身を横に払った。一瞬の体捌《たいさば》きである。

勝造の匕首は、隼人の肩先をかすめて空を突き、隼人の刀身は勝造の脇腹を襲った。

ドスッ、というにぶい音がし、隼人の峰打ちが勝造の腹を強打した。

グワッ！

と呻《うめ》き声を上げ、勝造は腹を押さえてよろめいた。匕首は取り落としている。

「捕れ！」

隼人が声を上げた。

座敷にいた三人の捕方が、腹を押さえてつっ立っている勝造の肩や襟をつかみ、ひとりが足をかけ、三人がかりで勝造を畳に押さえつけた。そして、勝造の後ろにまわったひとりが、両腕を後ろにとって早縄をかけた。

このとき、座敷にへたり込んでいたおしげが、ヒッ、ヒッ、と喉のつまったような悲鳴を上げ、畳を這《は》って右手の廊下へ逃げようとした。

「女も、捕れ！」

隼人が座敷にいる別の捕方に声をかけた。

すぐに、ふたりの捕方がおしげを押さえつけ、両腕を後ろにとって縄をかけた。

「騒がれると、面倒だ。ふたりに猿轡《さるぐつわ》をかましてくれ」

隼人が捕方たちに指示した。

そのとき、天野たちが戸口から入ってきた。家のなかから聞こえてきた隼人の声で、捕物が終わったのを知ったのだろう。

「天野、ふたりを捕らえたよ」

隼人の顔に、ほっとした表情があった。

5

隼人たちは捕らえた勝造とおしげを、南茅場町の大番屋に連れていった。大番屋は、調べ番屋とも呼ばれ、下手人を入れておく仮牢もあった。捕らえた下手人は、小伝馬《こでんま》町の牢屋敷に送られるまで、ここに留め置かれるのである。

隼人は、先におしげを訊問《じんもん》するつもりだった。おしげの知っていることを聞き出してから、勝造にあたれば、言い逃れができなくなるとみたのである。

隼人は牢番に命じて、吟味の場におしげを連れてこさせた。隼人はひとりで、一段高い座敷に座った。おしげは、土間に敷かれた筵《むしろ》に座して、隼人の吟味を受けることになる。

通常、捕らえた下手人の吟味は、吟味方与力がすることになっていたので、隼人の場合は吟味というより、事件の探索のために容疑者から話を訊くだけである。それで、あえて天野や他の同心は同席しないで、隼人ひとりでその場に臨んだのだ。

ふたりの牢番に連れてこられたおしげは、顔が紙のように蒼《あお》ざめ、身を顫《ふる》わせていた。髷《まげ》は乱れ、髪が垂れ下がっている。

「おしげ、面《おもて》を上げろ」

隼人が声をかけた。

筵に座らされたおしげは、恐る恐る顔を上げて隼人を見た。その目に、怯《おび》えと畏《おそ》れの色があった。

「おしげ、おまえは勝造が何をしたか知っているのか」

隼人が訊いた。

「……！」

おしげは、口をとじたまま顔を横に振った。

「勝造はな、いま世間を騒がせている鬼面党のひとりなのだ。しかも、一味の者たちと、おれたちを襲って殺そうとしたのだぞ」

「そ、そんな……」

おしげの顔が、驚愕《きょうがく》と恐怖にゆがんだ。どうやら、おしげも勝造が鬼面党であることは知らなかったようだ。もっとも、隼人も、勝造が鬼面党のひとりと口にしたが、まだ確証はなかった。

「いいか、おまえが知っていることを隠せば、勝造と同罪だぞ」

「か、隠しません」

おしげが、声を震わせて言った。

「では、訊く。……勝造とは、どこで知り合った」

「や、柳橋の浜崎屋《はまざきや》です」

おしげによると、浜崎屋は料理茶屋で、おしげは座敷女中をしていたという。勝造が浜崎屋に客として何度か来るうち、肌を合わせるような仲になり、松井町の借家でいっしょに暮らすようになったそうだ。

おしげは、勝造とのかかわりを隠さなかった。隼人の脅しがきいたらしい。

「勝造は、浜崎屋にひとりで来たのか」

仲間といっしょに来ることもあったのではないか、と隼人はみていた。

「泉七さんや船島勘兵衛《ふなじまかんべえ》さまと、いっしょのこともありました」

おしげが言った。

隼人は泉七も船島も初めて聞く名だったが、ふたりとも勝造の仲間ではないかとみた。そうなら、鬼面党ということになる。

「泉七という男は？」

隼人は、泉七から訊くことにした。

「勝造さんは、鳶をしていたころの仲間だと言ってました」

「すると、勝造も泉七という男も鳶だったのだな」

勝造も泉七も、鳶の頭《かしら》だった竜蔵と前からかかわりがあったのではあるまいか。

「それで、勝造と泉七のいまの生業《なりわい》は」

さらに、隼人が訊いた。

「し、知りません。……勝造さんは、むかし稼いだ金が残っていると言ってました」

「そうか」

鬼面党のひとりとして、近松屋に押し入ったときの分け前であろう、と隼人はみた。

「泉七の塒を知っているか」

「知りません」

すぐに、おしげは答えた。

「ところで、船島は牢人かな」

隼人は矛先を船島にむけた。

「ちがいます。きちんとしたお武家さまで、金まわりもいいように見えました」

「その武士は、大柄ではないか」

隼人は、竪川沿いの道で襲ってきた六人のなかにいた巨軀《きょく》の武士を思い出したのだ。

「そうです。船島さまは、体の大きな方です」

「あやつ、船島勘兵衛という名か。……ところで、泉七や船島の他に、浜崎屋にいっしょに来た者はいないのか」

他にも、勝造の仲間が浜崎屋に来たことがあるかもしれない。

「女の方が、いっしょに来たことがあります」

「女だと」

そのとき、隼人の胸に、竜蔵の女房のおくらと娘のおせんのことがよぎった。

「女の名は、分かるか」

すぐに、隼人が訊いた。

「名は分かりません。船島さまと、親しそうにしてました」

おしげが、小声で言った。女と船島には、男と女の関係があるのかもしれない。

「若い女か」

「十八、九に見えましたが……」

「十八、九だと」

娘のおせんだ！　と隼人は察知した。

どうやら、おせんが勝造や船島とつながっているらしい。

隼人はさらに勝造の仲間のことを訊いたが、おしげが知っていたのは、船島と泉七、それにおせんと思われる女のことだけだった。

隼人が訊問を終えたとき、

「お役人さま、わたしを帰してください」

おしげが隼人を見つめて哀願した。

「しばらく、牢でおとなしくしていろ。いま、帰ると、勝造の仲間に殺されるぞ」

「……！」

おしげの顔から血の気が引き、また体が顫えだした。

「連れていけ」

隼人が牢番に命じた。

6

おしげにつづいて、勝造が吟味の場に引き出された。

土間の筵の上に座らされた勝造は、苦しげに顔をゆがめ、恐怖と憎悪の入り交じったような顔で隼人を見上げた。隼人に峰打ちで打たれた脇腹が、痛むのかもしれない。

「勝造、おしげとは浜崎屋で知り合ったそうだな」

隼人は穏やかな声で切り出した。

「へえ……」

勝造は、首をすくめるようにうなずいた。おしげとのかかわりまで、隠すことはないと思ったようだ。

「浜崎屋には、仲間といっしょに来ることもあったらしいな」

「……！」

勝造の顔に警戒の色が浮いた。

「泉七や船島勘兵衛とも、いっしょに来たそうではないか」

隼人は、泉七と船島の名を出した。

「あっしは、泉七も船島さまも知りやせん」

勝造が顎《あご》を突き出すようにして言った。

「そんなことで、白《しら》を切ってもどうにもならねえよ。おまえは、船島たちといっしょに、おれたちを殺そうと襲ったではないか。それとも、手ぬぐいで頰っかむりしてたので、分からないとでも思ったのか」

隼人が急に伝法な物言いをした。

「……！」

勝造の顔が蒼ざめ、体が顫えだした。

「おまえが鳶で、親方の娘のおせんとかかわりがあったことも分かっている」

隼人はおせんの名を出した。

勝造が驚いたような顔をした。まさか、おせんのことまで、つかまれているとは思っていなかったのだろう。

「おまえは、五、六年前、江戸中を騒がせた鬼面党のひとりだな。頭の竜蔵の子分だったとみている」

隼人は、勝造が鬼面党のひとりと分かっていたが、竜蔵の子分という立場かどうかはっきりしなかった。ただ、勝造に喋《しゃべ》らせるためにそう言ったのである。

「お、おれは、子分じゃァねえ」

勝造が声を強くして言った。

「おまえや泉七は、竜蔵の下で鳶をしてたはずだぞ」

「と、鳶はしてたが、鬼面党のことは知らねえ」

勝造の声が震えた。嘘《うそ》を言って、ごまかそうとしたからだろう。

「勝造、おめえの指図で仲間たちが、五年前、仲間を裏切って密告《さし》た利根吉と御用聞きの稲七を殺したんじゃァねえのか」

隼人が、勝造を見すえて訊いた。

「お、おれの指図じゃァねえ」

勝造の声がちいさくなった。勝造の血の気の失《う》せた顔からふてぶてしさが消え、諦めと絶望の色が浮いた。これ以上、言い逃れできない、と観念したのかもしれない。

「だれの指図だ」

隼人が鋭い声で訊いた。

「あ、姐《あね》さんでさァ」

勝造が声を震わせて言った。

「おせんか!」

「へい……。それに、船島の旦那で」

「船島は、おせんの情夫《いろ》か」

「そうでさァ。……上州で知り合ったと聞きやした」

勝造が間を置きながら話したことによると、竜蔵が山崎屋に押し入って焼け死んだ後、娘のおせんは病身の母親、おくらとともにすぐに江戸から逃げたという。

「おせんとおくらは、ふたりだけで逃げたのか」

「鳶の泉七と麻次郎《あさじろう》が、姐さんたちといっしょに逃げやした。泉七と麻次郎は、子供のころから親方に世話になったでさァ」

「麻次郎も、おまえたちの仲間か」

隼人は、麻次郎の名は知らなかった。

「へい……」

「それで、どうした」

隼人は話の先をうながした。

「病身だったおくらさんは、高崎宿の近くで息を引き取ったと聞きやした」

おせん、泉七、麻次郎の三人は、しばらく高崎宿にとどまったという。江戸を出るとき、多少の蓄えを持っていたが、そのうち路銀もすくなくなってきた。そこで、おせんは高崎宿の旅籠《はたご》で働くようになり、泉七と麻次郎も、鳶だった腕を生かして普請場で手間賃を稼ぐようになった。そうしたおり、おせんは旅籠で、江戸から来た船島と知り合った。

「船島は、御家人か」

隼人は、船島が牢人とは思えなかった。かといって、江戸勤番の藩士でもないようだ。

「家は八十石の御家人と聞きやしたが、冷や飯食いのようでさァ」

勝造が、おせんから聞いた話によると、船島は剣で身を立てようと武者修行で高崎宿へ来ていたという。

「姐さんは、船島の旦那から、鬼面党が町方に捕らえられそうになり、頭の竜蔵親方と手下の四人が焼け死んだのは、親方たちを密告《さし》たやつがいたからだ、という噂《うわさ》を聞いたんでさァ。……それで、姐さんたちは、江戸に帰《けえ》ってきた」

勝造の顔にも、憎悪の色が浮いた。密告者を恨んでいるようである。

「江戸に帰ってから、当時、鬼面党で竜蔵の子分だった利根吉と藤次が、生きていることを知り、ふたりの裏切りと分かったのだな」

「そうでさァ」

「岡っ引きの稲七を殺したのは、どういうわけだ」

「利根吉たちが密告《さし》たのは、稲七に、おめえたちには目をつぶるから、鬼面党の押し入る先を知らせろ、と脅されたせいだと分かったからでさァ」

「そういうことか。……ところで、近松屋に押し入った鬼面党は何人だ」

隼人が、静かだが強いひびきのある声で訊いた。

勝造は戸惑うような顔をして口をつぐんでいたが、

「……七人と、聞きやした」

と、小声で言った。まだ、自分が鬼面党のひとりと認めたくないようだ。

「そのなかに、おせんもくわわっていたのか」

「姐さんが、頭でさァ」

「鬼神の竜が、蘇《よみがえ》ったということかい」

「そうで……。姐さんは、鬼神の竜は死にやァしないよ。江戸中に、生きているってことを知らせてやる、と言ってやした」

「それで、あえて竜蔵たちが使っていた手口を真似《まね》たのだな」

「手口だけじゃァねえ。姐さんは、女子供に手を出すな、とあっしらに、いつも言ってやした」

「おせんを頭とする鬼面党は、七人だと言ったな」

「へえ……」

「おせん、船島、泉七、それに、いっしょに上州にいった麻次郎、……他のふたりは」

隼人は、勝造も一味のひとりだと承知していたが、あえて名を口にしなかった。勝造が、しゃべりにくくなるとみたからである。

「政五郎《まさごろう》と桑七《そうしち》でさァ」

「そのふたりも、鳶か」

「鳶じゃァねえ。遊び人だったのを仲間にしたんでさァ」

「鳥飼はちがうのか」

隼人は、鳥飼も鬼面党のひとりとみていたのだ。

「鳥飼の旦那は、鬼面党じゃァねえ。船島の旦那が、江戸に来てから賭場で知り合ったんで」

勝造によると、鳥飼は賭場の用心棒をしていた男で、金さえ出せば何でもするという。

「そうか」

これで、鬼面党七人のことが知れた、と隼人は思った。

頭目はおせん、おせんの情夫《いろ》で腕のたつ船島、おせんといっしょに上州に行った麻次郎と泉七、勝造、それに江戸で仲間にくわえた遊び人だった政五郎と桑七である。

「ところで、おせんの塒はどこだ」

隼人が声をあらためて訊いた。

「し、知らねえ」

勝造が首を横に振った。

「いまさら、白を切ってどうする」

「嘘じゃァねえ。仲間の隠れ家は、お互いに知らせねえことにしてたんだ。だれか裏切ってもつかまらねえように、用心してたでさァ」

勝造が向きになって言った。

「仲間内で知らせることがあったら、どうするんだ。それに、仲間が集まらないことには、何も始まらないではないか」

押し込みに入るときはもちろん、隼人たちを襲ったときも、仲間内で連絡を取り合ったはずである。

「姐さんと泉七だけは、知ってやした。姐さんのそばにいる泉七が、使い役をしてたんでさァ」

「そういうことか」

鬼面党のことは知れたが、肝心の一味の居所が分からなかった。

だが、手掛かりはあった。鳥飼である。鳥飼を見張れば、鬼面党のだれかと接触する、と隼人はみていた。

第五章　奇襲

1

繁吉と浅次郎は、小間物屋の脇に身を隠していた。利助と綾次が、小料理屋のすずやを見張っていた場所である。

暮れ六ツ（午後六時）の鐘が鳴って、小半刻（三十分）ほど過ぎていた。横丁は、淡い暮色に染まっている。

「鳥飼も、店に入ったままだな」

繁吉が、うんざりした顔で言った。

繁吉と浅次郎は、八ツ半（午後三時）ごろから、すずやを見張っていた。隼人たちが、勝造を捕らえた後、繁吉、浅次郎、利助、綾次の四人はふたりずつ組み、すずやが暖簾《のれん》を出す八ツ半ごろから店仕舞いする四ツ（午後十時）ごろまで、交替で見張ることにしていたのだ。今日は、繁吉たちの番で、八ツ半ごろからここに来ていたのである。

鳥飼は、陽が西の空に沈みかけたころ姿を見せ、すずやに入ったまま、出てこなかったのだ。

「今夜は、泊まるんじゃァねえかな」

浅次郎が欠伸《あくび》を噛《か》み殺して言った。

「そうかもしれねえ」

「鬼面党の仲間は、姿を見せやすかね」

「長月の旦那は、ちかいうちに鬼面党に動きがあるとみているようだ。鳥飼のところへも、一味のだれかが姿を見せるはずだがな……」

繁吉が、つぶやくような声で言った。自信はないらしい。

そのとき、路地に目をやっていた浅次郎が、

「親分、あいつ、船島じゃァねえかな」

と、路地の先を指差して言った。

巨軀《きょく》の武士と遊び人ふうの男が歩いてくる。武士は羽織袴《はおりはかま》姿で、二刀を帯びていた。御家人か江戸勤番の藩士といった恰好《かっこう》である。

「やつは、船島だ！」

繁吉が声を殺して言った。

その巨軀に、見覚えがあった。竪川沿いの通りで襲われたとき、目にした巨軀の武士である。もうひとり、遊び人ふうの男も見覚えがあるような気がしたが、はっきりしなかった。

船島と遊び人ふうの男は、すずやの前で足をとめた。そして、横丁の左右に目をやってから、格子戸をあけてなかに入った。

「親分、やつら店に入《へえ》った」

浅次郎が、うわずった声で言った。

「やっと、姿を見せたな。……ふたりが店から出てきたら、跡を尾《つ》けて行き先をつきとめるんだ」

繁吉の声にも昂《たかぶ》ったひびきがあった。やっと、鬼面党一味が姿を見せたのである。

「へい」

「今夜は長丁場になるぜ」

船島たちふたりは、しばらく店から出てこない、と繁吉はみた。

だが、繁吉の予想ははずれた。船島たちが店に入っていっときすると、格子戸があき、船島と遊び人ふうの男が姿を見せたのだ。ふたりだけでなく、鳥飼もいっしょだった。

「お、親分、鳥飼も、店を出るようですぜ」

浅次郎が、身を乗り出すようにして言った。

船島たち三人は、すずやの店先から離れ、横丁を両国橋の方へむかって歩いていく。

「浅、尾けるぞ」

「へい」

繁吉と浅次郎は、小間物屋の脇から路地に出ると、船島たち三人の跡を尾け始めた。

横丁は夕闇につつまれていたが、飲み屋、小料理屋、一膳めし屋などから灯《ひ》が洩《も》れていた。ぽつぽつと人影があり、横丁のあちこちから、男の哄笑《こうしょう》、客を呼ぶ女の声、嬌声《きょうせい》などが聞こえてきた。賑やかな両国広小路に近いせいもあって、客が流れてくるのである。

繁吉たちは、横丁の暗がりをたどるようにして、船島たちの跡を尾けた。船島たちは両国橋の東の橋詰に出ると、竪川の方に足をむけた。

船島たちは竪川にかかる一ツ橋を渡り、御舟蔵の脇を通って、新大橋のたもとに出た。そのまま大川沿いの道を、川下にむかっていく。

「親分、やつら、どこへ行く気ですかね」

浅次郎が言った。

「おれにも分からねえ。……ともかく、やつらの行き先をつきとめるんだ」

繁吉と浅次郎は、暗がりをたどるようにして船島たちを尾けていく。

右手に大川の川面が、ひろがっていた。日中は猪牙舟《ちょきぶね》や屋形船などが行き交っているのだが、いまは船影もなく、流れの音だけが轟々《ごうごう》とひびいている。夜陰のなかで、月光を映じた川面が仄《ほの》かな青磁色にひかり、無数の波を刻みながら永代橋の彼方の深い闇のなかに呑《の》まれていく。

先を行く三人は、仙台堀にかかる上ノ橋を渡り、さらに川下にむかった。その辺りは、深川佐賀町だった。通り沿いの家並は夜陰のなかに沈み、洩れてくる灯もなかった。通りを行き来する人影もない。聞こえてくるのは、大川の流れの音と汀《みぎわ》に寄せる波音だけである。

そのとき、ふいに前を行く三人の姿が見えなくなった。

「や、やつら、消えちまった！」

浅次郎が声をつまらせて言った。

「路地に、入ったのだ」

繁吉は走りだした。浅次郎も、繁吉の後を追って走った。

船島たち三人の姿が消えた近くまで行くと、繁吉と浅次郎は忍び足になった。近くに、三人が身をひそめているかもしれない。

そこに路地があった。近くに、人影はない。繁吉と浅次郎は足音を忍ばせて、路地の角まで来た。

「あそこにいやす！」

浅次郎が声を殺して言った。

路地の先に人影があった。路地は暗かったが、三人の上半身が月光に照らされ、黒く浮き上がったように見えた。

三人は、仕舞屋《しもたや》ふうの小体《こてい》な家の前に立っていた。家の戸口から、淡い灯が洩れている。だれかいるらしい。

「親分、だれかの隠れ家ですぜ」

浅次郎が小声で言った。

「そうじゃァねえ。……見ろ、鳥飼が刀を抜いたぞ」

鳥飼の手にした刀身が月光を映じて、闇のなかで銀色《しろがねいろ》にひかっている。

2

「ぬ、盗みに入《へえ》るのか！」

浅次郎がうわずった声で言った。

「盗みじゃァねえ。だれか、襲う気だ」

繁吉は、小体な仕舞屋の住人が金を持っているとは思えなかった。鳥飼たちは、住人を襲う気なのだ。

鳥飼につづいて船島も抜刀し、仕舞屋の表戸の前に立った。

そのとき、遊び人ふうの男が、引き戸をあけた。

「家に入ったぞ！」

浅次郎が身を乗り出すようにして言った。

鳥飼と船島が家に踏み込み、遊び人ふうの男がつづいた。

家のなかで、「藤次、命はもらったぞ！」と男の声が聞こえ、つづいて「助けてくれ！」という男の悲鳴が聞こえた。

「藤次だ！」

繁吉が言った。

「やつら、藤次を殺しにきたんだ」

浅次郎がうわずった声を出した。

家のなかから、男の怒声、悲鳴、激しく床を踏む音、家具が倒れるような音などが聞こえた。鳥飼たちが、藤次を斬ろうとしているのだ。

「浅、近付いてみよう」

繁吉は忍び足で、仕舞屋に近付いた。浅次郎が顔をこわばらせてついてくる。

繁吉たちは、仕舞屋の斜向《はすむ》かいにあった小体な店の脇の暗がりに身を寄せた。家のなかの物音や人声が、はっきりと聞こえてきた。

絶叫がひびき、つづいて、「助けて！」という女の悲鳴が聞こえた。何か倒れるような音がし、床を踏むよう足音が聞こえた後、家のなかが急に静かになった。鳥飼たちは、家にいた女も襲ったようだ。

繁吉と浅次郎は息をつめて、聞き耳をたてている。

家のなかで、「始末がついたな」という男の声が聞こえ、戸口に近付いてくる複数の足音がした。

「出てくるぞ」

繁吉が声をひそめて言った。

戸口に人影があらわれた。三人——。鳥飼、船島、遊び人ふうの男である。鳥飼と船島は抜き身を引っ提げていたが、外に出ると、血振《ちぶ》り（刀身を振って血を切る）をくれて納刀した。

「始末がついたな」

船島が言った。声に昂ったひびきがあった。ひとを斬った後の高揚が残っているのだろう。

「姐《あね》さんも、喜びやすぜ」

遊び人ふうの男が言った。

「引き上げるか」

鳥飼が懐手をして歩きだした。

鳥飼、船島、遊び人ふうの男の三人は戸口から離れ、路地をもどってきた。繁吉たちの前を通ったが、気付かなかった。

鳥飼たち三人が遠ざかったところで、

「親分、家を覗《のぞ》いてみやすか」

浅次郎が、うわずった声で言った。

「それより、鳥飼たちを尾けるんだ」

繁吉は、すぐにその場を離れた。鳥飼たちが襲ったのは藤次らしいが、藤次のことは、明日でも調べられる。いまは鳥飼たちの跡を尾けて、塒《ねぐら》をつきとめるのだ。

鳥飼たち三人は大川端に出ると、川上に足をむけた。来た道を引き返していく。四ツ（午後十時）ごろであろうか。来たときよりも、闇が深くなっているように感じられた。大川端に人影はなく、通り沿いの店は夜の帳《とばり》につつまれている。

鳥飼たちは竪川にかかる一ツ目橋を渡ると、左手の両国橋の方へはむかわず、そのまま真《ま》っ直《す》ぐ進んだ。そして、回向院《えこういん》の裏手まで行くと、鳥飼だけが左手の通りに入った。船島と遊び人ふうの男だけが、そのまま真っ直ぐ歩いていく。

「親分、どうしやす」

浅次郎が訊いた。

「船島たちを尾ける。……鳥飼は、すずやに帰るだけだ」

鳥飼のむかった先に、すずやがあるはずだった。

繁吉と浅次郎は、前を行く船島たちとの間をすこしつめた。その辺りは通り沿いに町家がつづき、月光を遮って暗い場所が多かった。船島たちの姿が闇に隠れ、見失う恐れがあったのだ。

いっとき歩くと、右手は武家地になり、武家屋敷がつづくようになった。左手は横網町で、町家がつづいている。

「まがった！」

浅次郎が言った。

前をいくふたりの姿が、急に見えなくなった。左手の路地に入ったのである。

繁吉と浅次郎は足を速め、ふたりがまがった路地の角まで来た。繁吉たちは角から路地に目をやり、慌てて身を引いた。

船島と遊び人ふうの男は、すぐ近くにいた。路地沿いにある木戸門の前に立っている。板塀でかこわれた仕舞屋の木戸門だった。商家の隠居所か、妾宅《しょうたく》といった感じの家である。

遊び人ふうの男が、門扉《もんぴ》を押してなかに入った。木戸門といっても簡素な造りで、門扉もちいさな物だった。閂《かんぬき》もかってなかったらしい。家の戸口から淡い灯が洩れている。

家の正面の引き戸をあける音につづいて、人声が聞こえた。

繁吉と浅次郎の耳にも人声は聞こえたが、話の内容までは聞き取れなかった。ただ、男と女の声であることは分かった。

人声は、すぐに聞こえなくなった。船島と遊び人ふうの男は、家に入ったらしい。

「親分、船島たちの隠れ家ですかね」

浅次郎が声をひそめて言った。

「近付いてみるか」

繁吉と浅次郎は、足音を忍ばせて木戸門に近付いた。

門扉の隙間からなかを覗《のぞ》くと、思ったより大きな家だった。

松や梅の庭木が植えてあった。裕福な家の隠居所かもしれない。家の前には庭もあり、家のなかからくぐもったような声が聞こえたが、何を話しているのか聞き取れなかった。

「親分、どうしやす」

「明日だな。近所でだれが住んでいるか、訊《き》いてみよう」

繁吉と浅次郎は、足音を忍ばせて門の前から離れた。

3

隼人が南町奉行所から組屋敷にもどると、木戸門の前に立っているふたり男の姿が見えた。

「旦那、今川町の親分ですぜ」

庄助が挟み箱をかついだまま言った。庄助は、繁吉を今川町の親分と呼んでいる。木戸門の前に立っているのは、繁吉と浅次郎だった。隼人を待っているらしい。

「繁吉、どうした」

隼人が訊いた。

「旦那、藤次が殺《や》られやした」

繁吉は、昨夕鳥飼たち三人の跡を尾け、深川佐賀町の仕舞屋で藤次が殺されるのを目撃したことを話した。

繁吉と浅次郎は、今朝から佐賀町と本所横網町に行き、近所で聞き込んで分かったことを隼人に知らせるために、八丁堀に来ていたのだ。

「藤次を殺ったのは、鳥飼と船島、それに泉七でさァ」

繁吉たちは、横網町で聞き込んだおり、仕舞屋に出入りしている遊び人ふうの男が、泉七だと分かった。船島が、遊び人ふうの男を、泉七と呼んだのを耳にした者がいたのだ。

「藤次は、佐賀町の家に独りで住んでいたのか」

「お富《とみ》という情婦《おんな》といっしょでさァ。……そのお富も、殺られやした」

繁吉は、近所の聞き込みで、藤次がお富といっしょに住んでいることを知ったのだ。

「藤次は、その家に身を隠していたのだな」

「そうでさァ」

繁吉は佐賀町から船島たちの跡を尾け、船島と泉七が横網町の仕舞屋に入ったのを話した後、

「旦那、横網町の隠れ家にも、女がいやしたぜ」

と、声をあらためて言った。

「その女、おせんではないか！」

思わず、隼人の声が大きくなった。

「あっしも、おせんとみやしたが……」

繁吉は語尾を濁した。はっきりしないらしい。

繁吉と浅次郎は、横網町の船島と泉七が入った隠居所ふうの仕舞屋の近所で聞き込んでみた。その結果、仕舞屋には、船島がおまきという妾《めかけ》といっしょに住んでいることが知れた。近所の住人の話では、船島が妾を住まわせるために、空き家になっていた商家の隠居所を買い取ったという。

「おまきが、おせんではないか」

隼人は、おせんが本名を名乗るはずはないと思った。それに、船島と住んでいるな

ら、おせんであろう。

「おせんとみていいのかもしれねえ」

繁吉が言った。

「いずれしろ、船島と泉七はその家に寝泊まりしているのだな」

「そのようで……」

「よし、船島たち三人を捕ろう」

そう言った後、隼人は繁吉に、

「舟で来ているのか」

と、訊いた。繁吉は八丁堀に来るとき、舟を使うことが多かったのだ。

「へい、舟は大番屋の近くに繋《つな》いでありやす」

「ここで、待て」

隼人は言い置き、すぐに組屋敷にもどった。

隼人は急いで羽織袴姿に着替え、庄助を連れて出てきた。身装《みなり》を変えたのは、八丁堀ふうだと遠目にも八丁堀同心と知れるからである。

「繁吉、これから横網町まで行ってくれんか。この目で、船島たちの隠れ家を見ておきたい」

舟で行けば、横網町まで遠くない。それに、まだ七ツ（午後四時）を過ぎたばかりだった。横網町に行き、船島たちの隠れ家を見ておく時間はある。

「承知しやした」

隼人たちは、すぐに南茅場町の大番屋の方にむかった。

隼人たち四人は、日本橋川の桟橋に繋いである繁吉の舟に乗り込み、日本橋川から大川に出た。そして、大川を遡《さかのぼ》って両国橋の手前で川を横切り、本所の陸近くをたどって桟橋に舟をとめた。

繁吉はふだん船宿の船頭をやっているだけあって、大川はもとより付近の河川や掘割のことなどにくわしかった。どこに桟橋や船寄《ふなよせ》があり、舟がとめられるか熟知している。

繁吉は舟を舫《もや》い杭《くい》に繋ぐと、桟橋に下り立ち、

「こっちでさァ」

と言って、短い石段を上って大川端の通りに出た。

繁吉に先導され、隼人たちは大名の下屋敷の裏手を通り、町屋のつづく路地に出た。

そこは横網町だった。

繁吉は路地をいっときたどった後、路傍に足をとめ、

「あの板塀をまわした家でさァ」

と言って、前方を指差した。

「借家ではないようだ」

板塀がめぐらせてあり、瓦屋根しか見えなかったが、思ったより大きな家だった。家の前には庭もあるようで、松や梅などの庭木が見えた。

「近付いてみやすか」

繁吉が訊いた。

「そうだな。家の者に知れないよう、すこし離れて歩くか」

路地には、行き来するひとの姿があった。近所の住人が多いようだが、武士の姿もある。そうした通行人を装って、通り過ぎれば、怪しまれることはないだろう。

隼人たちはすこし間をとって歩き、仕舞屋に近付いた。隼人と木戸門の前で、すこし足をゆるめたが、立ち止まらずに通り過ぎた。

隼人は家の前を通り過ぎながら、木戸門や板塀に目をやった。捕物のおりに木戸門から入れるか、家の者が板塀を越して逃走できるか、そうしたことを自分の目で確かめたのである。板塀は高く、簡単に越えられそうもなかったが、木戸門からはすぐに入れそうである。

板塀の脇に小径《こみち》があった。裏手につづいているらしい。隼人は、家の背戸もかためなければ、逃げられるとみた。

隼人は仕舞屋の前を通り過ぎ、半町ほど行ったところで足をとめた。そして、繁吉たちが追いつくのを待って、舟のとめてある桟橋にもどった。

舟にもどると、隼人は、

「繁吉、帰りに藤次が殺された家に寄れるか」

と、訊いた。まだ、暮れ六ツ（午後六時）前だった。舟で近くまで行けるなら、藤次が殺された現場だけでも見ておきたい、と思ったのである。

「近くまで、舟で行けやすぜ」

繁吉が言った。

4

繁吉は仙台堀にかかる上ノ橋を過ぎたところで、水押《みよ》しを左手の岸際に寄せた。ちいさな船寄がある。

繁吉は巧みに棹《さお》を操って舟を船寄に着けた。その辺りは、深川佐賀町だった。

隼人たちが大川沿いの通りに出ると、

「こっちでさァ」

繁吉が、先に立った。

繁吉はいっとき佐賀町の路地をたどった後、路傍に足をとめ、

「その家ですぜ」

と言って、小体な仕舞屋を指差した。

路地に面した家の表戸はしまっていた。辺りに人影はなく、近くに店もなかった。

「家に入ってみよう」

隼人たちは戸口に近付いた。ひっそりとして、人声も物音も聞こえてこない。

「あけやすぜ」

繁吉が引き戸をあけた。

なかは暗かったが目が慣れると、家のなかの様子が分かった。土間につづいて、狭い板間があり、その先が座敷になっている。

「旦那！　男が倒れていやす」

浅次郎が、うわずった声で言った。

座敷の隅に、男がひとり俯《うつぶ》せに倒れていた。畳にどす黒い血が飛び散っている。

隼人たちは座敷に上がり、横たわっている男のそばに近付いた。

「こ、これは！」

隼人は息を呑んだ。

倒れている男は、顔が捩《ね》じれたように横をむいていた。首が、皮肉だけ残して頸骨《けいこつ》ごと截断《せつだん》されていた。截断された傷口が赭黒《あかぐろ》く染まり、頸骨が白く覗いている。

「同じ手だ」

倒れている男は、先に斬殺された番頭の蓑蔵、岡っ引きの稲七と同じ斬り口だった。

下手人は、同じとみていい。

「この家に入った武士は、船島と鳥飼だな」

隼人が繁吉に念を押すように訊いた。

「そうでさァ」

「ならば、この男を斬ったのは船島ということになるな」

鳥飼は鬼面党ではないので、近松屋に押し入った一味のなかにはいなかった。番頭の蓑蔵を斬ったのは、船島である。この男と蓑蔵の斬り口が同じなので、下手人は船島ということになる。

「この男は、藤次か」

隼人が声をあらためて訊いた。

「まちげえねえ。襲ったやつらが、藤次と呼ぶのを聞きやした」

繁吉がそう言ったとき、

「廊下にも、倒れていやす！」

浅次郎が声を上げた。

座敷の右手に廊下があった。そこに、倒れている人影があった。女である。仰向《あおむ》けに倒れ、小袖の裾が乱れて、両足が太股のあたりからあらわになっていた。闇のなかで、両足が白く浮き上がったように見えている。

隼人たちは、倒れている女のそばに近寄った。

「胸を突かれたか」

女の着物が、胸から腹にかけてどっぷりと血を吸っていた。胸に、刃物で突かれたような傷がある。

下手人が遣った武器《えもの》は匕首《あいくち》か刀か分からなかったが、女は前から刃物で胸を突かれたようだ。

「この女は」

隼人が訊いた。

「藤次の情婦《いろ》のお富にちげえねえ」

繁吉が小声で言った。

「念のため、後で、近所で聞き込んでみてくれ」

「旦那、どうしやす」

繁吉が訊いた。

「ここは、天野にまかせよう」

隼人たちは、家から出た。

辺りは、深い夕闇に染まっていた。路地に人影はなく、路地沿いの家からは淡い灯が洩れている。

隼人たちは来た道を引き返し、舟を繋いである船寄にむかった。隼人は歩きながら、繁吉と浅次郎に、明後日にも横網町の船島たちの隠れ家に捕方をむけることを話し、

「それまで、利助たちと交替で見張ってくれ」

と、指示した。

「承知しやした」

繁吉が顔をひきしめてうなずいた。繁吉にも、明後日は大捕物になると分かっているのだ。

隼人たちの乗る舟は、夜陰に染まった大川を横切り、日本橋川を遡って大番屋の裏

手の桟橋にとまった。

繁吉と浅次郎は、隼人を組屋敷まで送ると言ったが、そのまま舟で帰した。隼人の家まで来たら、繁吉たちが帰るのは深夜になってしまう。


翌朝、隼人は天野が出仕するころを見計らって、天野家にむかった。そして、木戸門の脇で天野が出てくるのを待った。早朝から、天野家を訪ねるわけにはいかなかったのである。

天野は、小者《こもの》の与之助を連れて木戸門から出てきた。出仕するところらしく、与之助は挟み箱を担いでいた。

「長月さん、何かあったのですか」

天野が驚いたような顔をして訊いた。

「いや、鬼面党の頭《かしら》たちの居所が知れたのでな。天野の手を借りたいのだ」

隼人が天野に身を寄せて言った。

「知れましたか！」

天野が声を上げげた。

「歩きながら話そう」

通りには、町奉行所の同心の住む組屋敷がつづいていたので、奉行所に出仕する同心の姿があった。立ち止まって話していると、同心たちの目を引く。

「繁吉たちが、鳥飼の後を尾けてな。おせんと船島の隠れ家をつかんだのだ」

すでに、隼人は勝造を訊問《じんもん》して分かったことを天野に話してあった。それで、天野はおせんや船島の名も知っていた。

「隠れ家は横網町にある。……昨日、隠れ家を見てきたが、隠居所のような家だ」

歩きながら隼人が言った。

「さすが、長月さんだ」

天野は感心したような顔をした。

「それでな、すぐにも、隠れ家に踏み込んでおせんたちを捕らえたいのだ」

「長月さん、やりましょう」

天野が意気込んで言った。

「勝造とおしげを捕らえたときより、捕方を多くしたいのだが、集められるか」

隼人は、三十人ほど集めたかった。

「どれほどでしょうか」

天野が足をとめて訊いた。

「総勢三十人いればいいかな。おれが、十五、六人集める。天野にも、十五人前後集めてもらいたいが」

隼人も足をとめた。

「やります。それで、いつ」

「早い方がいいな。今日中に捕方を手配し、明日の夕方には捕方をむけて、おせんたちを捕らえたい」

隼人は、ゆっくりと歩きだした。

「承知しました」

天野は隼人と歩調を合わせてついてきた。

「それからな、藤次は殺されたぞ」

隼人が小声で言った。

「殺されたのですか」

天野が驚いたような顔をした。

「繁吉たちが、船島たちの跡を尾けて、藤次が殺されるところを目にしたようだ。藤次は、深川佐賀町の仕舞屋に身を隠していたらしい」

「やはり、佐賀町でしたか」

天野によると、藤次の行方を追っていた岡っ引きから、藤次の隠れ家は佐賀町にあるらしい、と聞いていたという。

「それにしても、長月さんは手が早い」

天野が感心したような顔をした。

「すずやを見張っていた繁吉たちが、姿を見せた船島たちの跡を尾けて、たまたま目にしただけだ」

それも、繁吉たちの手柄といえるが、肝心のおせんや船島を取り逃がしたら何にもならない、と隼人は思い、気持ちを引き締めた。

5

陽が浅草の家並の向こうに沈み、西の空は残照に染まっていた。大川の川面が、残照を映じて茜色《あかねいろ》に染まっている。

三艘《そう》の猪牙舟が両国橋をくぐり、大名の下屋敷の裏手にある桟橋に着いた。そこは、本所横網町の近くである。

三艘の猪牙舟には、それぞれ七、八人の捕方が乗っていた。隼人と天野の姿もある。おせんや船島を捕縛《ほばく》するために、隼人たちは舟で大番屋の裏手から本所まで来たのだ。

隼人と天野、それに捕方たちは、勝造を捕縛したときと同じようにふだん市中を歩くような恰好をしていた。巡視の途中で鬼面党の隠れ家を見付け、逃走される恐れがあったので急遽《きゆうきよ》捕方を集めて、捕物にむかったことにするためである。

「桟橋に、利助親分がいやす」

庄助が声を上げた。

見ると、桟橋に、利助と綾次、それに岡っ引きらしい男がふたりいた。四人は、隼人たち捕方の乗る舟が到着するのを待っていたようだ。隼人は、利助たちといっしょにいるふたりを知らなかった。天野が手配した男であろう。本所や浅草界隈の岡っ引きは、舟でなく直接横網町に来ているようだ。

三艘の舟が桟橋に着き、隼人や捕方たちが下り立つと、利助と綾次が隼人のそばに走り寄った。

「どうだ、隠れ家の様子は」

すぐに、隼人が訊いた。

「変わりありやせん」

利助が口早に話したことによると、朝から隠れ家を見張っているが、船島、おせん、泉七の三人は、隠れ家から出なかったという。

「繁吉たちは」
繁吉と浅次郎の姿がなかった。
「隠れ家を見張っていやす」
繁吉たちの他に、本所を縄張りにしている岡造《おかぞう》という岡っ引きが、見張っていると
いう。天野に指示されたのだろう。
「いくぞ」
隼人は船島たちの隠れ家を見ていたので、道筋は分かっていた。
「へい」
隼人と利助が先にたった。
隼人たちの後に、七、八人の捕方がつづき、すこし間をとって、天野と捕方が桟橋
から大川沿いの通りに出た。
歩いているときに、暮れ六ツ（午後六時）の鐘の音が聞こえた。その鐘の音がやむ
と、あちこちから表戸をしめる音が聞こえてきた。町筋の店が商いを終えて、店仕舞
いを始めたようだ。
隼人たちは横網町の町家のつづく通りから路地に入り、いっとき歩いてから路傍に
足をとめた。半町ほど先に、板塀をめぐらせた仕舞屋が見えた。船島たちの隠れ家で

ある。

路地には、ちらほら人影があった。近所の住人、仕事帰りの職人、ぼてふりなどである。いずれも、隼人たちの一隊を目にすると、驚いたような顔をして足早に通り過ぎていく。

隼人は後続の天野たちが近付くのを待って、

「あの家だ」

と言って、仕舞屋を指差した。

「踏み込みますか」

天野が意気込んで言った。

「その前に、見張りから様子を訊いてみよう」

隼人は、利助に繁吉を呼んでくるよう指示した。

「合点で」

利助は走りだした。

待つまでもなく、利助が板塀の脇に身を隠していた繁吉を連れてもどってきた。

隼人が、隠れ家の様子を訊くと、

「船島とおせんは、家にいやす」

すぐに、繁吉が答えた。繁吉によると、板塀の陰に身をひそめているときに、家のなかから男と女の話し声が聞こえ、そのやり取りから船島とおせんが家にいることが分かったという。

「頃合だな」

隼人が、西の空に目をやって言った。すでに陽は沈み、身仕舞いした店の軒下や樹陰には、夕闇が忍び寄っていた。

「天野、行くぞ」

隼人が声をかけ、足早に隠れ家にむかった。

捕方の一隊が、仕舞屋をかこった板塀の近くまで来たとき、年配の男が天野のそばに走り寄った。岡造らしい。

「安次郎たちは、岡造の後につけ！」

天野が捕方たちに声をかけた。

すると、天野のすぐ後ろにいた若い岡っ引きが、岡造のそばに走り寄った。安次郎である。安次郎に六人の捕方がつづき、都合八人になった。

「こっちだ」

岡造が先にたち、板塀の脇の小径をたどって裏手にまわった。どうやら、天野の指示で、岡造たちの一隊が裏手をかためることになっていたようだ。

「おれたちは、表だ」

隼人が声をかけ、天野をはじめとする捕方たちが、仕舞屋の木戸門にむかった。

木戸門の扉は、すぐにあいた。ちいさな門扉で、閂はかってなかった。

隼人と天野が先になり、二十数人の捕方がつづいた。辺りに人影はなかった。一隊は、足音を忍ばせて仕舞屋の戸口に近付いた。

隼人は板戸に身を寄せた。家のなかで障子をあけるような音がし、くぐもったような男の声が聞こえた。武家言葉だった。船島であろう。

隼人は天野に目をやり、

「あけるぞ」

と、声をひそめて言い、引き戸を引いた。

戸は簡単にあいた。敷居の先に土間があり、その先が板間になっていた。人影はなかった。板間の奥に、障子がたててあった。座敷になっているらしい。

6

「踏み込むぞ！」

隼人は天野に声をかけ、土間に踏み込んだ。

天野がつづき、さらに捕方たちが次々に踏み込んできた。

そのとき、板間の先の障子のむこうで、複数のひとの動く気配がした。踏み込んできた隼人たちに気付いたのだろう。

「だれだ！」

男の声がし、すぐに障子があいた。

姿を見せたのは、巨軀の武士と町人体の男だった。隼人はふたりの体付きに見覚えがあった。船島と泉七である。船島は大刀を手にしていた。身近に置いてあったのだろう。

座敷には、もうひとりいた。女である。おせんかもしれない。座敷に箱膳が置いてあり、銚子が立っていた。三人で、酒を飲んでいたようだ。

「捕方だ！」

泉七が叫んだ。

「八丁堀か！」

船島の眉の濃いいかつい顔が、怒張したように赭黒く染まっている。

その船島の声で、座敷にいる女が立ち上がった。色白で面長だった。切れ長の目がつり上がっていた。

「捕れ！　ひとりも逃がすな」

天野が声を上げた。

捕方たちが、次々に板間に踏み込み、御用！　御用！　と声を上げ、手にした十手を船島と泉七にむけた。

「おのれ！　皆殺しにしてくれる」

叫びざま、船島は抜刀した。

泉七もひき攣《つ》ったような顔をし、懐から匕首を取り出して抜きはなった。船島と泉七は、捕方たちと闘うつもりらしい。

「船島、おれが相手だ！」

隼人は腰に帯びてきた兼定を抜き、そのまま脇構えにとった。相手が船島では、峰打ちにするのは無理である。手をぬけば、隼人が斬られる。

「おまえさん！　逃げておくれ」

女が叫んだ。

「おせん、逃げろ！　こいつらは、おれが斬る」

船島が大声で叫んだ。やはり、女はおせんである。

おせんは、座敷の隅にあった小箪笥《こだんす》の上に置いてあった匕首をつかむと、

「ちくしょう！　つかまってたまるかい」

と言いざま、抜きはなった。顔が蒼《あお》ざめていた。目をつり上げ、歯を剝《む》き出した顔は、般若《はんにゃ》のようだった。

「捕れ！　おせんを捕れ」

天野が叫んだ。

すると、十手を手にした数人の捕方が板間の隅をたどるようにしておせんのいる座敷に踏み込んだ。

隼人は、船島をおせんから引き離そうとし、

「船島、いくぞ！」

言いざま、切っ先を船島にむけて一歩踏み込んだ。いまにも、斬り込んでいきそうな気配である。

すると、船島は座敷から板間に出て、

「うぬの素っ首、たたき斬ってくれる！」

と叫んで、隼人と対峙《たいじ》した。

船島が板間に出たのは、鴨居《かもい》のせいだった。ちょうど、船島は鴨居の近くに立って

いたのだ。刀を振り上げて斬り込めば、鴨居を斬り付けてしまう。隼人は船島が前に出ることを読んで、切っ先をむけたのである。

対峙した船島は、刀身を振り上げて八相に構えた。

船島に代わって、泉七が、

「おれが相手だ！」

言いざま、おせんの前に立って匕首を捕方たちにむけた。

さらに、何人かの捕方が座敷に踏み込み、泉七とおせんを取りかこんで十手をむけた。

隼人と船島は、およそ二間の間合をとって板間で対峙した。一歩踏み込めば、切っ先のとどく間合である。真剣の立ち合い間合としては近いが、狭い板間ではそれ以上をとれないのだ。

船島は八相に構えていた。すこし腰を沈め、刀身を寝かせている。天井に切っ先がとどかないように、低く構えたらしい。

それでも、船島の八相は、腰の据わった大きな構えだった。巨軀とあいまって、巨岩が迫ってくるような迫力がある。

……手練《てだれ》だ！

と、隼人は察知した。

構えが大きいだけではなかった。船島の全身に気勢が漲《みなぎ》り、いまにも斬りかかってきそうな気配があった。

隼人は青眼からすこし切っ先を上げ、刀の柄を握っている船島の左拳につけた。上段や八相に対応する構えである。

そのとき、隼人の脳裏に、首を截断された蓑蔵と稲七の死体がよぎった。

……この八相から斬られたのだ！

と、隼人は気付いた。

船島は、八相から首を狙って袈裟《けさ》に斬り下ろしてくる、と隼人は読んだ。

ふたりは対峙したまま動かなかった。踏み込めば、切っ先のとどく一足一刀の間合のなかでは、迂闊《うかつ》に仕掛けられない。

ふたりは全身に気勢を漲らせ、斬撃の気配を見せて気魄《きはく》で攻めていた。気攻《きぜ》めである。気魄で押された方に、隙が生ずる。張りつめた緊張と、痺《しび》れるような剣気がふたりをつつんでいる。

そのとき、座敷で、ギャッ！　という叫び声が聞こえた。泉七か捕方が上げた叫び声のようだ。

この声で、隼人と船島をつつんでいた剣の磁場が裂けた。次の瞬間、ほぼ同時に、ふたりの全身に斬撃の気がはしった。

イヤアッ！

タアッ！

両者の鋭い気合がひびき、ふたりの体《たい》が躍り、二筋の閃光《せんこう》がはしった。

船島が八相から袈裟へ――。

隼人は青眼から逆袈裟へ――。

二筋の閃光が合致し、眼前で青火が散った。瞬間、隼人の体勢がくずれ、後ろによろめいた。

船島の袈裟斬りは、凄《すさ》まじい剛剣だった。隼人は、船島が袈裟に斬ってくると読んで、逆袈裟に斬り上げて船島の刀身をはじこうとしたのだが、船島の強い斬撃に押されて体勢がくずれたのだ。

船島はふたたび八相に構え、

イヤアッ！

裂帛《れっぱく》の気合を発して、袈裟に斬り込んできた。

……かわす間がない！

頭のどこかで感知した隼人は、体を後ろに倒しざま刀身を横に払った。一瞬の反応だった。

船島の切っ先は、隼人の胸をかすめて空を切り、隼人のそれは、船島の右腕をとらえていた。

だが、隼人は体を後ろに倒したために、板間に仰向《あおむ》けに転倒してしまった。

「おのれ！」

叫びざま、船島が刀身を振り上げた。右の前腕から血が飛び散り、刀身が震えていたが、船島はたたきつけるように斬り下ろした。

咄嗟《とっさ》に、隼人は横に転がった。身を起こす間がなかったのである。

船島の切っ先は隼人の二の腕をかすかにとらえ、板間に食い込んだ。隼人は左の袖が裂け、二の腕に血の色が浮いた。

次の瞬間、隼人は下から船島の首を狙って刀身を突き上げた。

切っ先が、船島の太い首に突き刺さった。

船島は後ろによろめいた。首筋から血が噴き、赤い帯のようになって流れ出、床板に落ちた音をたてた。

船島はその場につっ立ち、喘鳴《ぜんめい》を洩らしていたが、すぐに腰から崩れるように転倒した。

板間に俯《うつぶ》せに倒れた船島は、もがくように四肢を動かしていたが、首をもたげることもできなかった。

隼人は、座敷に目をやった。まだ、おせんと泉七は、捕らえられなかった。隼人は血刀を引っ提げたまま座敷に踏み込んだ。

7

おせんは座敷の隅で匕首を手にし、捕方たちを睨《にら》みつけていた。島田髷《しまだまげ》が乱れ、髪が頬に垂れ下がっている。目がつり上がり、歯を剝き出していた。凄《すさ》まじい形相である。

泉七はおせんの前に立ち、手にした匕首を捕方たちにむけていた。目が血走り、荒い息を吐いている。

泉七の額が裂けて、血が流れ出ていた。血が顔面に赤い筋をひいている。捕方の十手で殴られ、皮膚が裂けたらしい。

捕方たちは十手をむけて、おせんと泉七を取り囲んでいたが、腰が引けていた。泉七とおせんの死に物狂いの抵抗に、二の足を踏んでいるようだ。

「どけ、おれがやる」

隼人が泉七の前に出た。

隼人の姿も凄絶《せいぜつ》だった。小袖は船島の返り血を浴びて蘇芳色《すおういろ》に染まり、双眸《そうぼう》が燃えるようにひかっていた。隼人も、船島を斬ったことで気が異様に昂《たかぶ》っているのだ。

近くにいた捕方たちが慌てて身を引き、その場をあけた。

「泉七、縛につけい！」

言いざま、隼人は刀身を峰に返した。泉七を、峰打ちで仕留めるつもりだった。

「つかまって、たまるか！」

泉七が吠《ほ》えるように叫んだ。

「ならば、痛い目をみるんだな」

隼人は脇構えにとり、足裏を擂《す》るようにして泉七との間合をつめた。

隼人が斬撃の間境を越えると、

「死ね！」

泉七がいきなりつっ込んできた。

泉七は構えていた匕首を、隼人の胸を狙って突き出した。捨て身の攻撃である。

刹那、隼人は体をひらきざま刀身を逆袈裟に斬り上げた。キーンという甲高い金属音がひびき、匕首が虚空《こくう》に飛んだ。隼人が刀身で、匕首を撥《は》ね上げたのである。

勢いあまった泉七が、前によろめいた。すかさず、隼人が刀身を横に払った。一瞬の太刀《たち》捌《さば》きである。

皮肉を打つにぶい音がし、泉七の上半身が前にかしいだ。隼人の峰打ちが、泉七の腹を強打したのだ。

グワッ、と泉七は獣の吠えるような呻き声を上げ、両手で腹を押さえてうずくまった。

「捕れ！」

隼人が捕方に声をかけた。

そばにいた三人の捕方が、飛び込むような勢いで踏み込んだ。ふたりが泉七を押さえつけ、ひとりが両腕を後ろにとって早縄をかけた。

隼人はおせんの前に立つと、

「おせん、観念しろ」

と、声をかけた。斬る気はなかったので、刀身を下げている。

「船島の旦那は、斬ったのかい」

おせんが隼人に訊いた。

「斬った」

「ちくしょう！」

おせんが憎悪に顔をゆがめた。

「おせん、もう終わりだ。おとなしく縄を受けろ」

「あたしは、縄など受けないよ」

おせんは目をつり上げて、匕首を顎の下に構えた。その切っ先が、小刻みに震えている。逆上しているようだ。

……おせんは、匕首で自分の首を斬るかもしれない！

と、隼人はみて、

「なぜ、江戸にもどってきたのだ」

と、穏やかな声で訊いた。話すことで、おせんの気を静めようとしたのだ。

「お、おとっつァんの、敵《かたき》を討つためさ」

おせんが、声を震わせて言った。

「利根吉と藤次を討つためか」

「そうさ。あいつら、おとっつァんを売って、自分たちだけ助かろうとしたんだ」

おせんの顔に、赤みが差した。利根吉たちに対する強い怒りが、胸に込み上げているらしい。

「稲七を殺したのも、竜蔵の敵を討つためか」

さらに、隼人が訊いた。

「あいつが、利根吉と藤次を誑《たぶら》かしたんだ」

「利根吉と藤次、それに稲七を討ったのだから、竜蔵の敵は討てたわけだな」

「そうだよ。これで、あの世でおとっつァんとおかっつァんに会えるよ」

おせんが、目を細めて顔をゆがめた。微笑《ほほえ》もうとしたのか、涙を抑えようとしたのか——。

次の瞬間、おせんは手にしていた匕首を己の首に当てた。

「待て！」

隼人は踏み込もうとしたが遅かった。

おせんは、匕首で己の首を掻《か》き切った。

ビュッ、とおせんの首から血が飛び散った。

おせんは、血を撒《ま》きながらつっ立っていた。おせんの周囲が、赤い花弁を撒き散らすように血に染まっていく。

おせんの体が大きく揺れ、腰からくずれるように転倒した。畳に俯《うつぶ》せに倒れたおせんは、動かなかった。すでに、息絶えているのかもしれない。

「おせんは、はじめから死ぬ気で江戸にもどってきたのかもしれない……」

隼人がつぶやくような声で言った。


隼人と天野の指示で、捕方たちが家のなかを見回った。鬼面党は、まだ三人残っていた。麻次郎、政五郎、桑七の三人である。三人がこの隠れ家に身を隠していないか、探してみたのである。

だが、それらしい男は見当たらなかった。見つかったのは、茂平《もへい》という初老の男だけだった。茂平は、下働きらしい。

「茂平、この家に、麻次郎、政五郎、桑七という三人の男はいなかったか」

隼人は念のために訊いてみた。

「あ、麻次郎さんはいやす」

茂平が声を震わせて言った。

「いまもいるのか」

隼人が声を大きくして訊いた。

「奥の座敷で、寝ているはずでさァ」

茂平によると、麻次郎は持病の癪《しゃく》で横になっていることが多いという。

「奥の座敷か……」

障子をあけて部屋のなかを見ただけなので、見逃したかもしれない。

「もう一度、見てみよう」

隼人と天野は、すぐに奥にむかった。

廊下を裏手にむかいながら、部屋を確かめたが、麻次郎の姿はなかった。

「この部屋が、一番奥だな」

隼人が、裏手の台所の手前の部屋の障子をあけた。

座敷のなかほどに夜具が敷いてあったが、人影はなかった。

ただ、夜具が乱れままで、座敷にだれかいたような気配がある。

「長月さん、押し入れがあります」

天野が小声で言った。

「だれか、いるようだな」

押し入れからかすかな物音が聞こえた。何か動いているような音である。

隼人は天野は押し入れに近付き、戸をあけた。

と、いきなり男が這《は》い出してきた。寝間着姿である。男は隼人の脇を這い、部屋の隅に逃れた。

男はへたり込んだような恰好のまま、

「て、てめえら、町方か！」

と、声を震わせて叫んだ。手に匕首を持っていた。その匕首が笑うように揺れている。

年配の瘦せた男だった。肉をえぐり取ったように頰がこけ、突き出た喉仏がビクビクと動いている。

「麻次郎、観念しろ。……おせんと船島は死んだぞ。他の子分たちも、捕らえた。鬼面党は、もうお終《しま》いだ」

隼人がそう言って、麻次郎に近付こうとした。

「ちくしょう！　捕まってたまるか」

麻次郎は叫びざま、いきなり手にした匕首で己の首を搔き切った。

血飛沫《ちしぶき》が激しく飛び散った。板壁、畳、ちかくの障子……。飛び散った血がバラバラと音をたて、見る間に赤い斑《まだら》に染めていく。

麻次郎の首が前に垂れ、体がぐったりとなった。絶命したようだ。首からの出血は収まり、尖《とが》った顎《あご》からぽたぽたと落ちるだけになった。

「死んだ……」

隼人がつぶやくような声で言った。

天野は顔をこわばらせて麻次郎の死体に目をむけていたが、

「残るのは、政五郎と桑七ですね」

と、小声で言った。

「ふたりの隠れ家も、知れるはずだ」

隼人は、一味の繋ぎ役をしていた泉七を訊問すれば、政五郎と桑七の居所も知れるだろうと思った。

「引き上げよう」

隼人が、座敷や廊下に集まっていた捕方たちに声をかけた。

第六章　月下の死闘

1

隼人は、店仕舞いした小間物屋の脇に身を隠していた。そばに、利助と綾次の姿があった。三人は、その場に身を隠して小料理屋のすずやを見張っていたのだ。

横網町で船島を討った翌日である。隼人は陽が西の空にまわったころから、利助たちといっしょにこの場に来ていた。

隼人は横網町の隠れ家に踏み込んで後、日を置かずに鳥飼を討たねば、すずやから姿を消す、とみていた。すずやのある本所元町と横網町は近かった。鳥飼は、すぐに横網町の隠れ家に捕方が踏み込んだことを知るだろう。隼人は、鳥飼が姿を消すまえに討ちとりたかったのだ。

「泉七は、白状したかな」

利助がつぶやくような声で言った。

捕らえた泉七は、南茅場町の大番屋で天野が訊問《じんもん》することになっていた、隼人は何としても鳥飼を討ちたかったので、天野に泉七の訊問を頼んだのである。

「どうかな」

隼人は、まだ泉七は白状してないだろう、とみていた。天野が泉七を訊問を始めたのは、今朝からだった。泉七は、簡単に口を割らないはずだ。

「鳥飼は、来ねえなァ」

そう言って、綾次が身を乗り出すようにして路地を見た。

六ツ半（午後七時）ごろだった。鳥飼は、まだすずやに姿を見せなかった。

「旦那、鳥飼は来ますかね」

利助が訊《き》いた。

「来るはずだ」

鳥飼が行方をくらますにしても、その前にすずやに顔を出すだろう、と隼人はみていた。

「そろそろ来てもいいころだがな」

綾次が言った。

横丁は濃い夕闇につつまれていた。飲み屋、小料理屋、そば屋、一膳めし屋などの灯《ひ》が路地に落ちている。ぽつぽつと人影があった。ほとんどが、両国広小路から流れてきた客らしい。酔客や遊び人らしい男の姿もあった。

そのとき、すずやの店先に目をやっていた利助が、

「旦那、やつだ！」

と、声を上げた。

見ると、すずやから牢人体《ろうにんてい》の男が出てきた。総髪で黒鞘《くろざや》の大刀を落とし差しにしている。鳥飼である。女将《おかみ》の姿もあった。女将は鳥飼に身を寄せたまま店先に立って、鳥飼に何やら話しかけている。

「やつは、いつ来たんだ」

綾次が首をひねりながら言った。

「鳥飼は、おれたちがこの場に来る前から店にいたのだ」

すずやがひらく前から、鳥飼は来ていたのかもしれない、と隼人は思った。

鳥飼が女将の耳元で何やらささやくと、女将は、「いやですよ、そんなこと」と言って、笑い声を上げた。鳥飼が、何か卑猥《ひわい》なことでも口にしたのかもしれない。

「また、来る」

そう言い残し、鳥飼は店先から離れた。

女将は店先に立って鳥飼の後ろ姿に目をやっていたが、鳥飼が遠ざかると、踵《きびす》を返して店にもどった。

「旦那、どうしやす」

利助が、鳥飼の後ろ姿に目をやりながら訊いた。

鳥飼は、横丁を両国橋の東の橋詰の方へ歩いていく。その姿が濃い夕闇のなかに、かすんでいる。

「尾《つ》けよう」

隼人は、人気《ひとけ》のない場所で鳥飼を討ち取ろうと思った。

三人は小間物屋の脇から路地に出ると、足を速めて鳥飼の後を追った。すでに、鳥飼との間が一町の余もあいていたので、間をつめたのだ。

鳥飼は横丁をたどり、両国橋の東の橋詰に出た。そこは、まだ人影が多かった。仕事帰りの職人、遊山客《ゆさんきゃく》、遊び人ふうの男、御家人ふうの武士などが、行き交っている。

鳥飼は人混みを抜け、竪川沿いの道に出た。そして、川沿いの道を東に歩き、一ツ目橋のたもとまで来た。

「橋を渡った」

綾次がうわずった声で言った。

「すこし、間をつめよう」

隼人たちは、足を速めてさらに鳥飼との間をつめた。竪川沿いの道に出ると、あけている店はほとんどなく、闇が深くなったように感じられた。

隼人たちは、橋上から鳥飼の姿が消えてから一ツ目橋を渡り始めた。十六夜《いざよい》の月が出ていた。風のない静かな夜である。

鳥飼は橋を渡り終えると、そのまま大川端の通りを川下にむかった。御舟蔵が、淡い夜陰のなかに黒く聳《そび》え立つように見えた。

「やつは、どこへ行く気ですかね」

利助が歩きながら訊いた。

「分からないが、御舟蔵の脇で仕掛けるか」

大川端の通りは、人影がほとんどなかった。それに、月明かりがあり、闘うにはいい場所だった。

「旦那、このまま尾けて、やつの行き先をつきとめやしょう。明日にも、捕方をむけてお縄にすればいいんでさァ」

利助が言った。隼人を心配しているようだ。

「いや、やつは、おれが斬る」

隼人は、そのつもりで来ていた。すでに、隼人は竪川沿いの道で鳥飼と切っ先を合わせていた。そのときの勝負は互角だった。隼人の胸の内には、鳥飼と決着をつけたいという気持ちがあったのだ。

前を行く鳥飼が、御舟蔵の脇に出た。懐手をして歩いていく。

「追いつくぞ」

隼人は走りだした。

利助と綾次が、慌てて後を追ってきた。

ふいに、鳥飼が足をとめた。背後から走り寄る隼人たちの足音を耳にしたらしい。

2

鳥飼は踵を返した。隼人たちの姿を目にしたが、逃げようとはしなかった。隼人たちは三人だが、武士は隼人ひとりとみて、闘う気になったのかもしれない。

隼人は、足早に鳥飼に近付いた。利助と綾次は隼人の後ろにいたが、懐から十手を取り出して身構えた。ふたりの顔がこわばり、目がつり上がっている。

隼人は、鳥飼と三間半ほどの間合をとって対峙《たいじ》した。ふたりは、まだ刀に手をかけていなかった。両腕を脇に下げている。

月光のなかに、頰に刀傷のある面長《おもなが》の顔が浮かび上がっていた。隼人にむけられた双眸《そうぼう》が、底びかりしている。夜禽《やきん》を思わせるような目だった。

「船島は、斬ったぞ」

隼人が言った。

「知っている」

鳥飼がくぐもった声で言った。

「おせんと麻次郎は自害したが、泉七は捕らえた」

「それも、知っている」

「よく、分かったな」

「今朝、横網町で捕物があったと耳にしてな。行ってみたのだ」

鳥飼の声に、昂《たかぶ》ったひびきはなかった。物憂いような声である。顔の表情も変わらなかったが、双眸には鋭い殺気がある。

「ならば、なぜ、逃げないのだ」

「江戸を出るのは、おぬしを斬ってからにしようと思ってな」

そう言って、鳥飼は刀の柄に右手を添えた。

「斬れるかな」

隼人は左手で刀の鍔元《つばもと》を握り、鯉口《こいぐち》を切った。

「いくぞ!」

「おお!」

ふたりは、ほぼ同時に抜刀した。

鳥飼は青眼に構え、剣尖《けんせん》を隼人の胸のあたりにつけた。低い構えである。

隼人と初めて闘ったとき、鳥飼は剣尖を隼人の目線につけた。そのときより、刀身をかなり下げている。この構えから、斬り込んでくるのだろう。

隼人は八相に構えた。両肘を高くとり、刀身をほぼ垂直に立てた。大樹を思わせるように大きな構えである。

ふたりの間合は、まだ一足一刀の斬撃の間境《まざかい》の外だった。ふたりの刀身が月光を映じて青白くひかっている。

鳥飼の全身に気勢が満ち、しだいに斬撃の気配が高まってきた。隼人の喉元にむけられた剣尖には、そのまま喉に迫ってくるような威圧感がある。

だが、隼人は臆さなかった。全身に気勢を漲《みなぎ》らせ、気魄《きはく》で攻めた。隼人の大きな構えに、鳥飼は上から覆いかぶさってくるような威圧を感じているはずだ。

ふいに、鳥飼が動いた。隼人の喉元にむけられた剣尖が小刻みに上下し始めたのだ。

剣尖だけではなかった。両足もわずかに前後している。しかも、そうやってすこしずつ間合をつめてきたのだ。

北辰一刀流《ほくしんいっとうりゅう》に、鶺鴒《せきれい》の尾と呼ばれる構えがある。青眼に構えた切っ先を鶺鴒の尾のようにピクピクと小刻みに上下させるのだ。この構えには、斬撃の起こりを迅《はや》くするとともに、敵に斬撃の気配を感知させない利がある。

鳥飼の構えも、鶺鴒の尾と呼ばれる構えに似ていた。だが、刀身を低く構えて間合をつめてくるところは、鶺鴒の尾とはちがう。それに、下から突き上げてくるような威圧感がある。

隼人は気を静めて、鳥飼との間合と斬撃の起こりを読もうとした。

……読めぬ！

思わず、隼人は身を引いた。このまま、鳥飼に斬撃の間境を越えられると、後れをとる、と察知したのだ。

だが、鳥飼はさらに間合をつめてきた。すぐに両者の間合は狭まり、鳥飼は斬撃の間境に迫っている。

……剣尖を見るな！

隼人は、頭のどこかで思った。鳥飼の剣尖の動きに惑わされ、間合も斬撃の気配も読めなくなっている自分に気付いたのだ。

隼人は、鳥飼の剣尖や構えから視線を外し、鳥飼の帯に目をつけた。そうやって、鳥飼の全身に意識をむけて、間合と斬撃の起こりを感知するのである。

ふいに、鳥飼の寄り身がとまった。斬撃の間境に、踏み込んでいる！

次の瞬間、鳥飼の全身に斬撃の気がはしった。

……くる！

感知した隼人は、わずかに身を引いた。

イヤアッ！

鳥飼の裂帛《れっぱく》の気合がひびき、体が躍った。

青眼から真っ向へ——。稲妻のような閃光《せんこう》がはしった。

すかさず、隼人も鋭い気合とともに、八相から袈裟《けさ》に斬り込んだ。

真っ向と袈裟——。鳥飼の切っ先が隼人の左袖を裂き、一瞬遅れた隼人の切っ先が鳥飼の左肩を斬り裂いた。

次の瞬間、ふたりは大きく背後に跳び、ふたたび青眼と八相に構えあった。

鳥飼の着物の左肩が裂け、あらわになった肌に血の色があった。一方、隼人は着物の左袖を裂かれただけである。

鳥飼が斬り込んだ瞬間、隼人がわずかに身を引いたため、鳥飼の切っ先はとどかなかったのだ。一方、隼人は鳥飼が前に踏み込んだところへ斬り込んだので、切っ先が肌にとどいたのである。

「相討ちか」

鳥飼の声には、昂ったひびきがあった。高揚しているらしく、顔が赭黒《あかぐろ》く染まり、目が燃えるようにひかっている。

「そうかな」

隼人は相討ちとは思わなかった。

わずかな差だが、鳥飼の切っ先をかわした後の太刀で、隼人の切っ先は鳥飼の左肩をとらえたのである。

「さァ、こい！」

隼人は、鳥飼を挑発するように八相の構えをさらに大きくとった。

「おのれ！」

鳥飼の顔に怒りの色が浮いた。

鳥飼の青眼に構えた剣尖の動きが、さきほどより大きくなり、寄り身も速くなった。怒りで気が昂り、じっくり攻める余裕を失っている。

隼人はふたたび鳥飼の帯に目をつけ、鳥飼との間合と気の動きを読んだ。

ズッ、ズッ、と鳥飼の足を摺《す》る音が聞こえた。前後の動きが大きくなり、足裏で地面を摺っているのだ。

ふいに、鳥飼の動きがとまり、足音がやんだ。次の瞬間、鳥飼の全身に斬撃の気がはしった。

イヤアッ!

裂帛の気合を発し、鳥飼が斬り込んできた。

青眼から真っ向へ——。膂力《りよりよく》のこもった鋭い斬撃だった。

だが、隼人には鳥飼の動きと太刀筋がみえていた。すかさず、身を引いて鳥飼の切っ先をかわすと、八相から刀身を寝かせるようにして横に払った。一瞬の太刀捌《たちさば》きである。

ビュッ、と血が鳥飼の首筋から飛んだ。隼人の切っ先が、鳥飼の首をとらえたのである。

鳥飼がよろめいた。首筋から、血が驟雨《しゆうう》のように飛び散っている。隼人の切っ先が、首の血管《ちくだ》を斬ったのだ。

鳥飼はすぐに倒れなかった。首から噴き出した血で、全身が真っ赤に染まっている。

鳥飼は足をとめ、隼人の方に体をむけようとした。そのとき、体が大きく揺れ、腰からくずれるように転倒した。

地面に伏臥《ふくが》した鳥飼は、動かなかった。かすかに四肢が痙攣《けいれん》しているだけである。夜陰が、鳥飼の血塗《ちまみ》れになった体をつつみ隠した。凄絶《せいぜつ》な斬り合いを物語るのは、夜陰のなかに漂う血の濃臭だけである。

「旦那ァ！」

利助が声を上げ、綾次とふたりで駆け寄ってきた。

3

隼人が庄助を連れて、組屋敷の木戸門から出ると、長月さん、と呼ぶ声が聞こえた。見ると、通りの先に天野の姿があった。与之助を連れて、足早に近付いてくる。

隼人は天野たちが近付くのを待ち、

「天野、どうした」

と、訊いた。

「泉七が吐きました。政五郎と桑七の隠れ家を――」

隼人が昂った声で言った。

天野が泉七を訊問するようになって三日目だった。天野は、泉七を自白させたようである。

「隠れ家はどこだ」

「番場町の長屋です。ふたりは、むかしの遊び仲間のところに身を隠しているようです」

遊び仲間は、留造《とめぞう》という遊び人だという。

「まちがいなく政五郎と桑七は長屋にいるのか」

隼人が念を押すように訊いた。

「います。岡造と安次郎に、借家を見張らせています」

岡造と安次郎は、横網町の捕物にくわわった岡っ引きである。

「すぐに、ふたりを捕らえよう」

隼人が言った。

北本所の番場町と横網町は近い。すでに、政五郎と桑七は横網町の隠れ家が捕方に襲われ、おせん、船島、麻次郎の三人が死に、泉七が捕らえられたことを知っているかもしれない。いずれ、自分たちの居所も、町方に知れると思い、姿を消す恐れがあった。

「そのつもりで、捕方を手配しました」

天野によると、今日の夕方にも捕方を番場町にむけたいという。

「天野、おれも行こう」

隼人は、政五郎と桑七だけなら、天野にまかせておいても取り逃がすことはない、と思ったが、念のためである。それに、隼人には、鬼面党の最後のひとりまで捕縛《ほばく》するのを見届けたい気持ちがあった。

「長月さんといっしょに、政五郎たちを捕らえるつもりで、知らせにきました」

天野は捕方を手配したが、自分だけで政五郎たちを捕らえる気はないらしい。鬼面党一味の居所をつきとめ、主だった者を始末したり、捕らえたりしたのは隼人だと承知しているのだ。

「おれも、何人か手先を連れて行こう」

隼人は、利助たちだけでも連れて行こうと思った。まだ、五ツ（午前八時）前なので、利助や繁吉に連絡する時間は十分にある。

「この前と同じように暮れ六ツ（午後六時）ごろ、番場町の近くにある桟橋に、捕方を集めることにしましたが――」

天野が言った。

「おれも、その桟橋に行く」

隼人は、また繁吉の舟を使おうと思った。

陽が西の空にまわった七ツ半（午後五時）ごろ、隼人は繁吉の漕ぐ舟で北本所にむかった。同乗しているのは、庄助と浅次郎だった。利助と綾次は、豆菊から番場町に行っているはずである。

隼人たちの乗る舟は、大川にかかる両国橋をくぐり、さらに対岸に浅草御蔵や浅草の家並を見ながら遡《さかのぼ》って、竹町の渡し場の下流にある桟橋に着いた。そこは北本所、番場町である。

桟橋には数艘《そう》の猪牙舟《ちょきぶね》が着いていて、天野をはじめとする二十数人の捕方の姿があった。利助と綾次も来ていた。

隼人は桟橋に下り立ち、天野のそばに行くと、

「どうだ、隠れ家に政五郎と桑七はいるか」

と、訊いた。八丁堀を出たときから気になっていたのである。

「います。ただ、今日か明日にも、政五郎たちは借家を出るかもしれません」

天野によると、借家を見張っていた岡造が、政五郎と桑七が菅笠《すげがさ》を手にして長屋に

入るところを目にしたという。

「ふたりは、江戸を離れるつもりではないか」

隼人は、菅笠は遠方に旅立つためではないかとみた。

「おせんたちが身をひそめていた上州にでも、行くつもりかもしれません」

天野が言った。

「今日捕らえないと、逃げられるな」

「はい」

「よし、行こう」

隼人は天野とふたりで、桟橋から大川沿いに出た。

天野はすでに借家を下見しているようで、道筋も知っていた。ふたりの後に、二十数人の捕方がつづいた。

「こっちです」

天野は大川沿いの道をいっとき下流にむかって歩いた後、左手の路地に入った。

そこは寂しい路地だった。小体《こてい》な店や古い仕舞屋《しもたや》などがまばらに建っていたが、空き地や笹藪《ささやぶ》なども目についた。人影もほとんどない。

天野は路地をいっとき歩いた後、路傍に足をとめ、

「三棟ある家の手前です」

と言って、斜向《はすむ》かいにある仕舞屋を指差した。

小体な借家ふうの家が、三棟つづいていた。その手前の家が、政五郎たちの隠れ家らしい。隼人たちが路傍に立っていると、樹陰にいた岡造が走り寄ってきた。隠れ家を見張っていたらしい。

「政五郎と桑七はいるな」

天野が、岡造に念を押すように訊いた。

「いやす。留造もいっしょです」

「よし、三人捕らえよう」

天野が捕方たちに声をかけた。

天野と隼人、それに十数人の捕方が、借家の表戸をあけて踏み込んだ。七、八人の捕方は、念のために裏手にまわっている。

「いたぞ！」

天野が叫んだ。

土間の先の座敷に、三人の男が胡座《あぐら》をかいていた。三人の膝先に貧乏徳利《どっくり》と湯飲みがある。ふたりの男の脇には、菅笠、振り分け荷物、長脇差などが置いてあった。どうやら、政五郎と桑七の旅立ちの前に、三人で酒盛りをしていたらしい。

「捕方だ！」

叫びざま、小柄な男が立ち上がった。

「ちくしょう！　政《まさ》、逃げるんだ」

大柄で赭黒い顔をした男が、脇に置いてあった長脇差をつかんで立ち上がった。この男が、桑七らしい。政と呼ばれた小柄な男が、政五郎である。

もうひとり、浅黒い顔をした男は顔をこわばらせ、座敷の隅に躄《いざ》った。この男が、留造であろう。

「捕れ！　ひとりも逃がすな」

天野が叫んだ。

捕方たちは、次々に座敷に踏み込み、御用！　御用！　と声を上げ、政五郎と桑七に十手をむけた。

政五郎は素手だった。長脇差を手にしないで、立ち上がったのである。

桑七は長脇差を抜き放ち、

「たたっ斬ってやる」

と、目をつり上げて叫んだ。

隼人は、このままだと、桑七に何人かの捕方が斬られる、とみた。桑七は、逆上していた。死に物狂いで、長脇差をふりまわすだろう。

「おれが、やる」

隼人は兼定を抜き、刀身を峰に返して桑七の前に立った。

桑七のまわりにいた捕方たちは、すぐに身を引き、間をとって十手をむけた。

「てめえ！　生かしちゃァおかねえ」

桑七は目をつり上げて叫ぶと、いきなり斬りかかってきた。

体当たりするような勢いで踏み込み、長脇差を斬り下ろした。たたきつけるような斬撃である。

すかさず、隼人は逆袈裟に斬り上げ、桑七の長脇差を撥《は》ね上げた。

隼人は勢いあまって泳ぐ桑七の胴を狙い、タアッ！　と、鋭い気合を発して刀身を横に払った。

峰打ちが、桑七の脇腹を強打した。

桑七は、グワッ、という呻《うめ》き声を上げ、長脇差を取り落とした。そして、脇腹を押さえてうずくまった。

「捕れ！」

隼人が捕方たちに声をかけた。

そばにいた三人の捕方が、うずくまっているた桑七を取り押さえ、早縄をかけた。

この間に、政五郎も捕方たちに縄をかけられていた。武器を持たなかった政五郎は、捕方たちに抵抗しなかったようだ。

「留造にも、縄をかけろ」

天野が座敷にいる別の捕方に指示した。

すぐに、四人の捕方が座敷の隅にへたり込んでいた留造を取り囲んで捕縛した。留造も捕方たちのなすがままになっている。

「天野、三人とも捕らえたな」

上首尾だった。捕方に負傷者を出さず、三人とも捕らえることができたのだ。

「これで、江戸市中を騒がせた鬼面党を、残らず捕らえることができました」

そう言って、天野はほっとしたような顔をした。

4

「父上、父上……」

菊太郎は、短い腕を伸ばして隼人の着流した小袖の腰辺りを掴《つか》んで立っていた。隼人を見上げ、嬉《うれ》しそうな顔をしている。

菊太郎の脇で、おたえが微笑《ほほえ》みながら菊太郎に目をやっていた。菊太郎は、自分で立って歩けるようになっていた。

「菊太郎、しっかり歩けよ」

隼人は屈んで、両掌で菊太郎の両肩を包み込むように押さえてから離した。

菊太郎はタッタと歩きだした。なかなか速いが、まだおぼつかないところがある。

「あらあら……」

おたえは、慌てて菊太郎の後を追った。

「大丈夫だ。菊太郎はしっかり歩ける」

隼人がそう言ったとき、菊太郎は畳に足をとられて、バタリと前に倒れた。

「ほら、倒れた」

おたえが、菊太郎を助け起こそうとすると、菊太郎はむくりと起き上がり、キャッ、キャッと笑いながら、また歩きだした。

「おたえ、放っておけ。菊太郎は自分で歩きたいのだ」

隼人が相好《そうごう》をくずして言った。

そのとき、戸口で訪《おとな》いを請う男の声が聞こえた。天野の声である。

「天野だ」

隼人がそう言うと、菊太郎が足をとめて戸口の方に目をやった。菊太郎も、だれか来たことは分かったようだ。

おたえは、菊太郎の手を取ってから、

「ここに、お呼びしましょうか」

と、隼人に訊いた。

「おれが、出てみる」

七ツ半（午後五時）ごろだった。天野は組屋敷にもどってから、出直してきたのだろう。

隼人は、座敷におたえと菊太郎を残して戸口に出た。天野が、ひとりで立っていた。黄八丈小袖を着流し、羽織の裾を帯に挟んでいた。市中巡視からもどった恰好のまま来たらしい。

「どうした、天野」

隼人が訊いた。

「長月さんに、お伝えしておきたいことがあって……。急用ではないので、長月さんの都合のいいときでいいのですが」

天野が言いにくそうな顔をした。

「いや、暇だ。……どうだ、上がらないか」

隼人が言った。

「いえ、また河岸通りでも歩きながら話したいのですが」

天野は、家に上がるのは遠慮したいようだ。

「いいだろう」

隼人は座敷にもどり、おたえに、「すぐもどる」と言い置いて、天野とふたりで通りに出た。

隼人は亀島河岸に出ると、歩調をゆるめ、越前堀の水面に目をやりながら、

「それで、どんな話だ」

と、天野に訊いた。

「政五郎と桑七の吟味で知れたことを、長月さんの耳にも入れておこうと思って……」

隼人と天野の手で、政五郎と桑七を捕らえて、十日ほど過ぎていた。

政五郎たちふたりは南茅場町の仮牢に入れられ、吟味方与力の手で吟味がなされていた。その吟味の場に、天野も顔を出していたのだ。

「ふたりはなかなか口を割らなかったのですが、四、五日前からやっと話すようになりました」

「話してくれ」

「そうらしいな」

隼人も、政五郎と桑七が話すようになったことは、耳にしていた。

「ふたりは、上州に逃げようとしていたようです」

「やはり、そうか」

「桑七は、おせんの父親の竜蔵が鬼神の竜と呼ばれ、鬼面党を率いていたころから、おせんや泉七のことを知っていたようです」

「鳶《とび》とかかわりがあったのか」

ふたりは遊び人と聞いていたが、賭場や岡場所などで、泉七たちと接触があったのかもしれない。

「そのようです。……江戸にもどってきた泉七に声をかけられ、おせんを頭《かしら》とする新たな鬼面組に政五郎といっしょにくわわったそうです」

「桑七たちは、鳶ではないぞ」

隼人が念を押すように言った。

「桑七は泉七の遊び仲間で、賭場で知り合ったそうです」

「そうか。……ところで、いっしょに捕らえた留造だが、鬼面党にはくわわらなかったのだな」

隼人が声をあらためて訊いた。

「はい、留造は政五郎の弟分のような男で、いっしょに両国界隈《かいわい》で遊び歩いていたようです。……賭場に出入りしていたようだし、政五郎と組んで強請《ゆすり》もしていたようなので、たたけばいくらでも埃《ほこり》が出ますよ」

「天野、おせんたちが近松屋で奪った金だがな、どれほどだったのだ」

まだ、おせんたち鬼面党が、近松屋でどれほどの金を奪ったか分かっていなかった。

「二千と、百両ほどだそうです」

「ずいぶん、あったな。それで、その金は」

隼人が足をとめて訊いた。

「七人で、二百五十両ずつ山分けし、残った金はおせんが持っていたそうです。それぞれの塒を探しているので、隠している金がみつかるかもしれません」

天野も足をとめ、越前堀の水面に目をやった。

「うむ……」

隼人は、余り残っていないのではないか、と思った。盗人が盗んだ金を博奕《ばくち》や岡場所などで使い果たすのは、めずらしいことではなかった。それに、上州から江戸にもどった者たちは、新たな塒を確保するのにも金を使っただろう。

隼人が口をつぐんでいると、

「長月さんに、訊きたいことがあるのですが」

天野が声をあらためて言った。

「なんだ?」

「昨日、お奉行と会われたそうですが、鬼面党のことですか」

天野が隼人に顔をむけて訊いた。

「そうだ」

昨日、隼人は奉行の筒井に呼ばれ、役宅で会ったのだ。

「どんな話でした」

「たいした話ではない。お奉行は、鬼面党の七人が死んだり捕らえられりして、始末がついたことを知って、おれを呼んだようだ。……お奉行は、たいそう喜ばれていたよ」

筒井が隼人に対して口にしたのは、お褒めの言葉だった。事件の下手人を捕らえて始末がついた後、わざわざ隼人を呼んで言葉をかけるのはめずらしいことだった。それだけ、筒井も事件のことを気にしていたのだろう。

「実は、与力の村上《むらかみ》さまから、お奉行がわたしのことを口にされたと聞いたもので、長月さまにも、何か話されたのではないかと思って……」

天野が語尾を濁し、視線を水面にやった。

どうやら、天野は奉行が何を話したのか、隼人に聞きたい気持ちもあって、隼人の家に顔を出したらしい。

村上は、吟味方与力だった。捕らえた政五郎たちの吟味にあたっている。

「お奉行は、おれにも天野のことを話していたぞ」

隼人が言った。

「どんなことを、話されました」

「此度《こたび》の件では、定廻《じょうまわ》りの天野も、鬼面党の探索や捕縛に尽力したと聞いている、と仰《おお》せられた。お奉行は内与力の坂東どのから、耳にしたらしいな。……それでな、おれからも、一味の隠れ家をつきとめたのも、捕縛にあたったのも天野だと、お奉行に話しておいたよ」

隼人がそう言うと、天野は隼人に顔をむけ、

「わたしは、これといったことはしませんでした」

と、困惑したような顔をして言った。

「そんなことはない。……泉七を自白させ、政五郎と桑七を捕らえたのは、天野だからな」

隼人は、此度の件は天野の助けがなければ、鬼面党を残らず捕らえることはできなかった、とみていた。

「わたしは、長月さんの指図で動いただけですから……」

天野はつぶやくような声で言い、視線を水面にむけた。

「天野、此度の件はひとりの手柄ではない。……ふたりで、力を合わせたから、おせんたち一味を始末できたのだ」

隼人が言った。

天野はちいさくうなずいたが、無言で水面に目をやっている。

そのとき、越前堀を荷を積んだ茶船が通り過ぎた。水面が波立ち、汀《みぎわ》に打ち寄せて波音をたてた。

「いずれにしろ、これで、鬼神と呼ばれて恐れられた鬼面党を根絶やしにすることができたわけだ」

隼人は、おせんたち一党も、竜蔵が率いた鬼面党と変わらない、荒々しく恐ろしい鬼神のような夜盗だと思った。

「そうですね」

天野が隼人に顔をむけて答えた。

茶船が遠ざかるにつれて汀に打ち寄せる波音がしだいにちいさくなり、また辺りに静けさがもどってきた。

本書は時代小説文庫（ハルキ文庫）の書き下ろし作品です。

時代小説文庫
と 4-30

鬼《き》面《めん》の賊《ぞく》 八丁堀《はっちょうぼり》剣客《けんかく》同心《どうしん》

著者 鳥《と》羽《ば》 亮《りょう》

2015年11月18日第一刷発行

発行者 角川春樹

発行所 株式会社 角川春樹事務所
〒102-0074 東京都千代田区九段南2-1-30 イタリア文化会館

電話 03(3263)5247［編集］ 03(3263)5881［営業］

印刷・製本 中央精版印刷株式会社

フォーマット・デザイン＆シンボルマーク 芦澤泰偉

ISBN978-4-7584-3960-2 C0193

http://www.kadokawaharuki.co.jp/［営業］
fanmail@kadokawaharuki.co.jp［編集］ ご意見・ご感想をお寄せください。